KB121238

로크미디어가
유혹하는
재미있는 세상

이것이 법이다

이것이 법이다 77

2019년 12월 18일 초판 1쇄 인쇄
2019년 12월 23일 초판 1쇄 발행

지은이 자카예프
발행인 이종주

총괄 김정수
경영 지원 배진경 임혜솔 송지유

기획 이기헌 왕소현 박경무
책임 편집 최전경

발행처 (주)로크미디어
출판등록 2003년 3월 24일
주소 서울시 마포구 성암로 330 DMC첨단산업센터 3층 318호, 319호
Tel (02)3273-5135 **편집** 070-7863-8592 **Fax** (02)3273-5134
홈페이지 rokmedia.com **E-mail** rokmedia@empas.com

ⓒ 자카예프, 2015

값 8,000원

ISBN 979-11-354-3716-8 (77권)
ISBN 979-11-255-9575-5 04810 (세트)

이것이 법이다

77

자카예프 장편소설

로크미디어

CONTENTS

인권이란 무엇인가?

퍼억.

"이 개 같은 자식! 네가 그러고도 사람이냐!"

바닥을 나뒹구는 남자.

그리고 놀라서 바라보는 사람들.

주먹을 휘두른 사람은 다름 아닌 무태식 변호사.

그는 평소와 다르게 극도로 흥분한 상태였다.

"아, 쓰읍."

"너희가 그러고도 인간이야! 어! 뭐? 인권 변호사? 인권 변호사 같은 소리 하고 자빠졌네!"

극도로 흥분한 무태식은 쓰러진 남자를 일으켜 세워서 그의 얼굴에 다시 주먹을 휘둘렀다.

"뭐야? 어떡해?"

"네가 좀 말려 봐!"

"저걸 어떻게 말려?"

안 그래도 산적이라는 별명으로 불리고 있는 무태식 변호사다.

그런 그가 극도로 흥분한 얼굴로 사람을 때리고 있으니, 주변에 있던 다른 이들은 말리지도 못하고 어쩔 줄 몰라 했다.

"크윽……."

"너 오늘 내 손에 죽는다. 너 때려죽이고 내가 변호사 생활 접는다."

다시 한 번 주먹을 휘두르려고 하는 무태식.

그 순간 등 뒤에서 고함이 들려왔다.

"뭐 하는 짓이야!"

모두가 고개를 돌려 보니 김성식 변호사가 잔뜩 화가 난 얼굴로 바라보고 있었다.

"무태식 변호사! 이게 무슨 짓이야!"

"김 변호사님."

"우리가 무슨 시정잡배야? 깡패냐고! 우리 변호사야! 그런데 왜 사람을 때려!"

"그럴 거면 저 변호사 안 합니다! 이 새끼 때려죽이고 저도 변호사 그만둡니다!"

다시 때리려고 손을 뒤로 쭈욱 당기는 그때, 그 손을 잡는 또 다른 사람.

"진정하세요, 무 변호사님."

"노 변호사."

"무슨 일인지는 모르겠지만, 이런다고 해결되지 않습니다."

"하지만 이 새끼가……."

"그래서 무슨 일인지 모른다고 하지 않았습니까? 하지만 맞을 만한 일이라면 제가 알아서 합니다. 무슨 뜻인지 아시죠?"

노형진을 물끄러미 바라보던 무태식은 한 손에 들려 있던 남자를 패대기쳐 버렸다.

"개자식! 너 오늘 운 좋은 줄 알아!"

"퉷!"

무태식이 뭐라고 하든 대꾸도 하지 않는 남자.

"둘 다 나 따라와!"

김성식은 잔뜩 흥분해서 두 사람을 데리고 자신의 사무실로 향했다.

노형진은 그걸 보면서 한숨을 푹 쉬었다.

"도대체 무슨 일이 벌어지고 있는 거야?"

"저도 잘……."

다른 사람도 아니고 무태식이 폭행이라니.

그것도 다른 변호사를 상대로 말이다.

"내가 모르는 일이 벌어지고 있는 모양이네요."

사무실 내부에서 그게 폭행이라는 형태로 이루어질 정도

라면, 문제는 상당히 심각할 수밖에 없다.

"들어가 보지 않으셔도 됩니까?"

누군가 노형진에게 걱정스럽게 물었다.

노형진은 고개를 흔들었다.

"공식적으로 제가 이사 직함을 가지고 있기는 하지만, 저기는 제가 낄 곳이 아닙니다."

정식으로 소송으로 갈 게 아니라면 이건 개개인이 알아서 해결해야 하는 일이다.

무태식 변호사가 극도로 흥분한 것은 알지만, 아무리 변호사라고 해도 무조건 소송을 선호하는 것은 아니다.

"잘 풀렸으면 좋겠지만……."

노형진은 눈을 찡그렸다.

그가 아는 무태식이라면 섣불리 화를 낼 사람이 아니다.

"그럴 것 같지는 않네요."

⚖️

"인권 팀요?"

결국 김성식의 사무실에서 나온 두 사람은 뒤도 안 돌아보고 각자의 사무실로 향했다.

노형진은 나중에야 그 사정을 들을 수 있었고.

그런데 이야기를 들어 보니 무태식이 화를 낼 만했다.

"그래. 그쪽에서 사고를 쳤네."

"무슨 사고인데요?"

"피해자의 주소를 외부에 흘린 모양이야."

"네?"

"무태식 변호사가 담당하는 사건 중에 강간 사건이 하나 있었나 보더군."

"그런데요?"

"그런데 피해자의 주소를 가해자들에게 준 모양이야."

"미친 거 아닙니까?"

피해자의 주소를 가해자에게 주는 것은 심각한 문제다.

경찰들이 자꾸 합의하라고 가해자에게 피해자의 주소를 줘서, 새론에서도 그 경찰을 몇 번이나 고소해 그런 짓을 못하게 막았다.

더군다나 김성식 변호사는 가해자가 아니라 '가해자들'이라고 했다.

그 말은 집단 강간이라는 소리다.

"아니, 가해자랑 아는 사이라도 된답니까?"

"아니, 그건 아닌데 말이지."

"그런데 왜 그런 짓을 했답니까? 더 말이 안 되는 게, 그들은 인권 변호사 팀이지 않습니까?"

아까 맞은 변호사는 인권 변호사 팀 소속이었다.

인권 변호사가 피해자의 주소를 흘린다는 게 이해가 되지 않았다.

"하아. 그게 말이야, 가해자들이 외국인인 모양이야. 인권 변호사들은 난민이라고 주장하더군."

"난민요?"

"그래."

"아니, 우리나라에 난민이 있습니까?"

노형진은 고개를 갸웃했다.

그가 알기로는, 아직 난민들이 본격적으로 들어오기까지는 시간이 좀 있다.

애초에 난민법도 이제 막 만들어지는 시점이고.

그런데 난민이라니?

"정확하게는, 입국했다가 나가지 않은 불법체류자들이지."

"으음…… 무슨 뜻인지 알겠습니다."

난민은 공식적으로 자국의 전쟁 등으로 인해 안전을 위해 타국으로 도망친 사람들이다.

전쟁이 없는 시기가 없는 만큼, 난민도 늘 있을 수밖에 없다.

다만 한국이 난민법이 없었기 때문에 그걸 인정하지 않을 뿐.

"그거랑 이번 일이랑 무슨 관계가 있다는 거죠?"

"그 불법체류자들이 온 건 시리아야."

"그런데요?"

"거기 내전 중 아닌가? 입대하면 높은 확률로 전쟁터로 갈걸. 설사 정부군에 입대하지 않아도, 반군에 강제징집 될 수도 있고. 그래서 강제징집을 피해서 한국으로 온 거야. 그런 이유로 인권 팀이 끼어든 거고."

"네?"

"그들은 시리아로 돌아가면 총살이야."

노형진은 눈을 찌푸렸다.

불법체류자. 그것은 이해가 간다.

돌아가면 죽는 것도 이해가 간다.

"그런데 한국에서 강간을 했다고요?"

"그래. 자네도 알겠지만, 이슬람 세력권에서 여성의 인권이 얼마나 바닥인가?"

가해자들은 총 네 명.

그들은 여성을 납치해서 집단 강간했다.

자신들이 잡히지 않을 거라 생각해서 그런 모양이다.

하긴, 불법체류자라는 존재 자체가 추적하기 상당히 곤란한 것은 사실이니까.

"그 사건이 처음에 무태식 변호사에게 들어왔네."

경찰도 불법체류자라 잡을 방법이 없다고 손을 놔 버린 상황에서, 무태식은 노형진에게 배운 추적술을 이용해서 그들의 꼬리를 잡는 데 성공했다.

"그리고 그들을 찾아냈지."

"그래서요? 그게 잘못은 아니지 않습니까?"

"그런데 그놈들이, 자기들이 죽게 생겼으니 인권 변호사를 찾은 모양이야."

"그게 우리 인권 팀이다?"

"그래."

"허."

기본적으로 한 개의 로펌이 동일한 사건을 담당하는 경우는 없다.

물론 원고, 피고 양쪽의 문제를 다 한다고 하면 아예 불가능하다.

하지만 원고의 경우 강간, 피고의 경우 인권 문제로 접수되어서 사건 접수가 가능했던 것.

"그들은 시리아로 돌아가면 총살당한다면서, 살려 달라고 빌고 있네. 그러자 인권 팀에서는 몰래 기록을 뒤져서 피해자의 주소와 연락처를 그들에게 넘겼지."

한국은 기본적으로 아직은 강간이 친고죄다.

그런 만큼 고소 취하가 이루어지면 일단은 풀려날 수 있다.

"설마?"

"맞아. 고소를 취하해 달라고 그런 거야."

"하지만 그들은 구속되었을 텐데요?"

검찰이 아무리 바보라고 해도, 놓아주는 순간 어디로 갈지 모르는 불법체류자를 구속하지 않을 리 없다.

법원에서도 이런 경우에는 당연히 구속영장이 나올 테고.

"누군지 특정은 되었는데, 구속은 못 했다고 하더군."

"어째서요?"

"인권 운동가들이 그들을 피신시키고 있는 모양이야."

"미쳤군요."

명백하게 현행법상의 범죄자다.

그런데 인권 운동가들은 그들을 감춰 주고 있다는 소리였다.

"그런 상황에서 피해자에게 계속 연락을 하고 있다는 겁니까?"

"계속 연락을 하는 건 불가능하지. 추적당하고 있으니까. 전화 같은 건 차단해 버리면 그만이야. 그래서 그들이 그걸 다른 불법체류자들에게 뿌린 모양이야."

"허?"

"그래서 무태식 변호사가 그렇게 열 받은 거라고 하더군."

안 그래도 불법체류자들에게 집단 강간을 당해서 충격이 큰 피해 여성과 그 가족이다.

그런데 어느 순간부터 외국인들이 집 주변을 맴돌거나, 무차별적으로 문을 두들기면서 합의서를 써 달라고 요구하기 시작했다는 것.

"제정신입니까?"

"인권 팀에서는 어쩔 수 없었다고 하는군."

"어쩔 수 없었다?"

"그래. 추방만은 면해야 하지 않겠느냐는 거야. 추방되면 죽으니까."

법대로 처벌하자니, 그 불법체류자들은 처벌 후에 추방이다.

하지만 법대로 하지 않고 선처를 하자니, 그들이 저지른 죄는 용서받을 수 있는 게 아니다.

"인권 팀에서는 무엇보다 사람의 생명이 우선이라고 생각하는 모양이야."

"후우……."

인권 대 인권의 충돌.

가끔 이런 경우가 있다.

아니, 제법 많다.

그리고 노형진이 아는 인권 운동가들은…….

"약자가 우선이라고 주장하겠지요."

사회적으로 시리아 출신의 불법체류자가 약자다.

거기에다 그들은 목숨이 달려 있다.

그러니 인권 팀이 나선 거고.

"이건 무태식 변호사가 발끈할 일이긴 하네요."

"그래. 변호사로서 폭행은 해서는 안 될 일이지만, 인간으로서는 이해가 가네."

피해자는 당장 자살할 위험군으로 분류될 정도로 피해가 심각한데, 가해자들의 목숨을 지키기 위해 상황을 더 괴롭게 하다니.

"인권 팀에서는 뭐라고 하나요?"

"합의서 하나만 써 주면, 이제 다시는 이런 일 없을 거라고 하더군."

아직은 강간이 친고죄인 상황.

합의서가 들어가면 소는 취하될 테고, 그들은 경찰에 추적당하지 않을 것이다.

'그리고 또 똑같은 범죄를 저지르겠지.'

노형진은 눈을 찌푸리면서 되물었다.

"그 말을 믿습니까?"

"전혀. 내가 살아오면서 이제 다시는 그런 일 없을 거라는 말이 지켜진 경우를 못 봤네. 자네도 알지? 한번 바람피운 놈은 꼭 또 피워."

"무슨 뜻인지 알겠습니다."

바람피우는 사람들이 그렇다.

걸리면 다시는 안 그런다고, 잘못했다고 빈다.

그래서 용서해 주면?

또 피운다.

"처벌이 동반되지 않는 용서는, 결국 자기가 호구라는 걸 인정하는 거지요."

용서를 하되, 어떤 식으로든 처벌이 동반되어야 한다.

가령 부부라면, 다시 바람피울 시 이혼소송에서 재산을 전액 포기한다는 각서를 쓰고 공증받는 정도는 되어야 상대방이 조심한다.

그러지 않고 봐주면, 다음번에도 또 봐줄 거라 생각해서 똑같은 짓을 저지른다.

"더군다나 일단은 같은 로펌 아닌가? 내부적으로 징계를 강하게 하지 못할 거라 생각한 거지."

"개인이 저지른 문제가 아니란 말씀이십니까?"

"아무래도 인권 팀의 상당수가 동조한 것 같아."

"으음……."

노형진은 곰곰이 생각에 빠졌다.

물론 인권 팀의 문제도 이해는 간다.

하지만 이건 섣불리 용서할 수 있는 문제가 아니다.

"이건 아닌 것 같네요."

"나도 그렇게 생각하네."

착하다는 것과 호구가 된다는 것은 다르다.

착하게 사는 건 좋지만, 그렇다고 피해를 모두 감당할 수는 없다.

"아무래도 이 건에 대해서는 인권 팀과 같이 이야기를 해 봐야겠습니다."

서승진 변호사는 눈을 감고 노형진의 이야기를 조용히 들었다.

그의 앞에 놓인 녹차는 처음에는 김을 모락모락 피웠지만, 이제는 차갑게 식어서 한 줌의 열기도 느껴지지 않았다.

"그래서 이번 문제에 대해서는 저는 인권 팀이 좀 잘못하고 있다고 생각합니다. 현행법 위반인 것도 위반이지만, 피해자에게 또다시 피해를 감수하라니요."

노형진은 진지하게 말했다.

"더군다나 그에 따른 보상이라도 내걸고 이야기한 거라면 이해가 갑니다. 하지만 보상조차도 못 해 준다고 하더군요."

인권 팀의 주장에 따르면 난민인지라 돈이 없어서 보상도 못 준단다.

그러면 피해자의 정신적 치료비는 누가 감당한단 말인가?

"서승진 변호사님은 전혀 모르셨습니까?"

"후우."

서승진은 깊은 한숨을 쉬었다.

사실 그가 인권 팀을 이끄는 사람이다.

그런데 그의 표정을 보니 전혀 모르는 모양이었다.

"미안하네. 몰랐네."

"인권 팀의 리더시지 않습니까?"

"공식적으로는 그렇지."

서승진은 쓸쓸하게 말하더니 차갑게 식은 녹차를 쭉 들이켰다.

"현실적으로 말하면 뒷방 퇴물 수준이야."

"네?"

노형진은 깜짝 놀랐다.

서승진은 인권 변호사계의 큰 어른이다.

말 그대로 독재와 싸우며 국민들의 인권을 지키기 위해 투쟁했던 그런 어른.

그런데 그런 사람을 뒷방 퇴물 취급이라니?

"내가 왜 인권 변호사가 되었는지 아나?"

"글쎄요."

"내가 인권 변호사가 된 건, 내 주변이 그런 시대였기 때문일세."

저녁에 가족들과 밥 먹다가 갑자기 끌려 나가서 다음 날 시체로 발견되는 시절.

야학을 하면서 어린아이들을 가르쳤다는 이유로 빨갱이라는 죄목을 뒤집어쓰고 끌려가 죽던 시절.

경찰은 도둑 잡는 것보다는 고문에 익숙하던 시절.

"주변에 인권이라는 게 없었지."

하루가 멀다 하고 억울한 사람이 나오고, 정부는 정치를 하기보다는 국민들 때려잡기에 혈안이 된 시절이었다.

"그래서 내가 인권 변호사가 된 걸세. 아니, 될 수밖에 없었지."

그 당시 변호사가 선택할 수 있는 길은 두 가지뿐이었다.

정부의 오더에 따라 제대로 된 변론조차도 하지 않고 입을 다물든가, 자신의 신념대로 제대로 변호를 하든가.

"내가 인권 변호사가 된 게 아니라, 제대로 일한 게 인권 변호사의 길이었던 것뿐이야."

쓸쓰레하게 웃는 서승진 변호사.

"그런데 지금은 어떤가?"

"네?"

"지금도 그 정도로 심각한 인권 침해가 있나?"

"글쎄요……. 없지요."

물론 사회적 부조리가 없는 것은 아니다.

하지만 사회적 부조리가 모두 인권 침해라고 볼 수는 없다.

물론 아예 인권 침해가 없는 건 아니지만, 최소한 누군가가 싸우지 않으면 목숨이 날아가는 그런 시절은 아니다.

"그러면 지금의 인권이란 무엇일까?"

"네?"

노형진은 서승진의 말에 어리둥절해서 되물었다.

지금의 인권이란 무엇인가?

"사실 인권이라는 거…… 천부인권이니 뭐니 말은 거창하게 하지만, 시대마다 바뀌었네. 세상에 하늘이 내린 인권이라는 건 없지."

그는 다 마신 찻잔을 옆으로 내려놨다.

"내가 오랜 시간 싸우며 배운 인권이란 것은, 누구나 똑같이 대우받을 권리."

누가 더 이득을 보지도 않고 누가 더 손해를 보지도 않는 것.

"투표가 없는 시대에 투표권이 무슨 소용이며, 질병으로 죽는 시대에 진료권이 무슨 의미가 있겠나."

하지만 동시대에 다른 차별을 받지 않을 수 있는 것만으로도 충분히 인권이 보장받았다고 할 수 있다.

"그런데 요즘은 인권이 스펙이지."

"스펙요?"

"그래. 정치권으로 가기 위한 하나의 타이틀."

인권 변호사라는 타이틀로 선거에 나가서 홍보하기 위한 하나의 방식.

"똑같은 대우를 받아야 하는데, 요즘 일부 인권 변호사들은 약자는 무조건 보호받아야 한다고 생각하네."

"일부가 아닌 것 같네요."

노형진은 씁쓸하게 웃었다.

일부가 아니다.

당장 지금 인권 팀에서도 60% 정도 되는 인권 변호사가 무태식에게 항의를 하는 상황이다.

"그런 그들에게 나같이 오래된 인권 변호사는 꼰대 취급이지."

"웃기는군요."

제대로 된 인권 침해를 겪어 보지도 못한 인권 변호사들.

무조건 약자를 편들어 줘야 한다고 생각하는, 선민의식에 찌든 자들.

"그런 이들이 무슨 인권 변호사입니까?"

"시대가 바뀌지 않았나."

서승진은 씁쓸하게 웃었다.

"안 그래도 조만간 나갈 생각이네."

"네? 은퇴하실 생각입니까?"

"모르겠네."

그는 깊이 심호흡을 했다.

아직 은퇴를 할지 안 할지는 모른다.

"하지만 이곳은 변했네."

노형진의 얼굴이 일그러졌다.

인권 변호사가 필요해서 만든 집단이다.

시대가 어찌 되었건 인권 변호사는 필요하다.

인권이 지켜진다고 해도 권력자는 끊임없이 인권을 무시하려고 하고, 그걸 브레이크 거는 게 그들이니까.

그런데 그런 인권 변호사의 거두인 서승진 변호사가 빠지겠다니?

"이곳은…… 내가 꿈꾸던 곳이 아닐세."

"……."

"자네가 말했지, 뭉치면 힘이 된다고."

"네."

"그래서 내가 여기에 참가한 거고. 하지만……."

그는 안타깝게 중얼거렸다.

"뭉치면 권력도 탄생하더군."

즉, 팀 내부에서 권력을 추구하는 자들이 뭉치면 그게 권력이 되고, 정치권과 인권 운동가들과 결탁해서 세력을 넓히고 있다는 소리였다.

"결국 억울한 사람들만 생기고 있네."

진짜 억울하게 인권 침해를 당하고 있는 사람들보다는 외부적으로 약자로 보이는 사람들, 이슈가 될 만한 사람들 위주로 사건을 찾아다닌다는 것이다.

"역차별이 벌어지고 있다는 소리군요."

사람들이 많이 하는 실수.

차별을 바로잡기 위해 노력하는 건 좋지만, 그 과정에서 도리어 반대로 역차별을 하게 되는 경우도 많다.

"웃기지 않나? 얼마 전에도 군대 사건이 하나 들어왔는데, 다른 변호사들이 거절하더군."

"군대 사건요?"

"그래. 다행히 내가 알고 사건은 수습했네."

장교에 의한 성추행 사건.

알고 보니 대위 계급의 장교가 동성애자였다.

일병 하나가 지속적으로 성추행당했는데, 그 사건을 하겠다는 사람이 없었다.

"그건 명백하게 인권 침해인데요."

부조리와 인권 침해가 다르다고 하지만, 그건 누가 봐도 인권 침해다.

그런데 인권 변호사들이 거절한다?

"군대 사건은 외부에 드러내기 힘들거든."

국방부에서 철저하게 막는 데다가, 이기기도 힘들다.

증거를 그들이 쥐고 있으니까.

"그래서 어찌 되었나요?"

"일단은 내가 이겼네."

장교는 해직당했고, 해당 병사는 다른 부대로 전출되었다.

물론 인권 변호사인 그는 좋은 소리를 못 들었지만.

"그게 무슨 인권 변호사라고."

노형진은 입술을 깨물었다.

자신이 만든 인권 변호사 팀이었지만, 애초에 생각하던 그런 곳이 아니었다.

"자네 스스로 탓하지 말게나. 내가 실수한 거야, 내가."

서승진은 처음에 인권 팀을 만들 때, 외부에서의 압력에서 자유로워지기 위해 외부로부터 그 어떠한 터치도 받지 않겠다고 못을 박았다.

하지만 그게 도리어 독이 되었다.

내부에서 곪아 가기 시작하자 도무지 통제가 되지 않았던 것.

"서 변호사님의 잘못이 아닙니다. 많은 인권 운동 단체들이 같은 과정을 거치니까요."

처음에는 인권을 위해 일하다가, 점점 정치권과 선이 닿고 정치권에서 관심을 보이면 소위 말하는 정치적 올바름 노선을 선택한다.

정치적 올바름이란, 사회적 현상이나 상식과 상관없이 정치적으로 정해진 답만이 옳다고 생각하면서 그걸 옹호하는 행동들이다.

그렇게 정치적 올바름을 요구하면서 점차 권력화되고 변질되어 간다.

'영국이 그랬지. 한국도 그랬고.'

그래서 영국의 한 도시는 집단 강간소처럼 되어 버렸다.

정치적 올바름 때문에 지역 경찰이 난민들을 수사하지 않았기 때문이다.

한국도 마찬가지.

아르바이트생들을 위해 만들어진 노조가 발족했지만, 정작 그들은 아르바이트생들을 위해 싸우기보다는 정치적인 이슈를 찾아다니면서 싸우는 데 집중하고 있다.

"개별적으로 활동하는 게 차라리 나을 것 같네. 미안하이."

"아닙니다."

노형진은 고개를 흔들었다.

이건 그의 잘못도 자신의 잘못도 아니다.

"인간의 본질의 문제이니까요. 이럴 줄 알았으면 차라리 팀이 아닌 느슨한 협의체 형태를 추구할 걸 그랬습니다."

"협의체?"

"네."

사건이 들어오면 그 사건에 관여하고자 하는 사람만 하고 아니면 마는 형식.

사회적으로 영향력은 거의 없겠지만, 뭉쳤을 때 단결하면 그 사건에 대해서는 적지 않은 힘을 발휘할 것이다.

"미안하네. 내가 사람들을 너무 믿었어."

"보수는 부패로 망하고 진보는 분열로 망한다고 하지 않습니까?"

노형진은 씁쓸하게 웃었다.

일단 인권 변호사들은 어쩔 수 없이 성향이 진보일 수밖에 없다.

거기에다 권력을 추구하게 되면 분열은 당연한 과정이 되어 버린다.

"어쩔 건가?"

서승진은 미안한 듯 물었다.

자신이 제대로 관리하지 못하는 바람에 이런 일이 터졌다.

"어쩌긴요."

노형진은 입맛을 다시면 말했다.

"법대로 해야지요."

"법대로?"

"간단한 겁니다."

노형진은 자리에서 일어났다.

같은 편? 그딴 건 없다.

잘못되었다면 아군이라도 정리해야 한다.

"가진 자들이라고 해서 그들이 법 위에 있는 게 아니듯이, 인권이라는 가면을 쓰고 있다고 해서 그들이 법 위에 있는 건 아닙니다."

물론 정의로운 일을 하려고 하는 거라면 노형진이 모른 척해 줄 수는 있다.

"하지만 자기들의 이권을 위해 또 다른 피해자를 만든다면……."

노형진은 나가면서 문을 닫기 전에 마지막으로 말했다.

"그건 또 다른 범죄자일 뿐입니다."

⚖

"뭐라고요? 고발하자고요?"

"네, 무태식 변호사님. 누가 그들을 도피시키는지 아시죠?"

"그건 아는데…… 진짜로 고발하자는 겁니까?"

"네."

"하지만 이건 인권 사건인……."

무태식이 고민하자 노형진은 선을 딱 그었다.

"이건 인권 사건이 아닙니다."

"하지만 그들은 추방당하면 죽을 텐데요?"

노형진은 피식 웃었다.

"압니다, 그들이 추방당하면 죽는 거. 그런데요?"

"네?"

"제가 아는 걸 그들이 몰랐을까요?"

"그건……."

"그들도 알았을 겁니다. 누구보다 잘 알았겠지요. 그럼에
도 불구하고 그들은 범죄를 저질렀습니다. 왜 그랬을까요?"

"……."

자기가 죽을 걸 알면서 범죄를 저지른 사람들.

몰랐다는 건 말도 안 된다.

아무리 가난한 나라에서 왔다지만, 범죄를 저지르면 추방당
한다는 걸 모를 리 없고, 추방되면 어찌 될지도 모를 리 없다.

"그들은 자기들을 지키기 위해 인권 단체가 거품 물고 달
려들 거라는 사실을 안 거죠."

자기들이 약자니까. 자기들이 불쌍하니까.

자기들은 목숨이 달린 문제니까.

인권 단체들의 성향상 두고 보지는 못할 거다.

그들은 그렇게 생각한 거다.

"유럽도 그런 문제가 심각합니다."

심지어 난민 수십 명이 자국민을 집단 강간하거나, 그 과
정을 아예 생중계하기도 한다.

"그들은 세력이 있으니까 위협이 되지 않는다고 생각하는
겁니다."

거기에다 인권 변호사와 인권 운동가가 자신들을 지켜 줄

거라 생각한 것이다.

"경찰이 자신들을 잡지 못할 거라는 생각도 했을 테고요."

무태식은 씁쓸하게 웃었다.

맞는 말이다.

자신이 아니었다면 아마 경찰은 그들을 추적하는 것을 포기했을 것이다.

"나도 이번에는 동감하네. 이건 인권의 문제이기 이전에 법치주의의 문제야."

법을 지키지 않는 자들에게 끌려다니기 시작하면 그 나라의 사법 체계는 끝장났다고 봐야 한다.

그리고 지켜지지 않는 사법 체계를 지키려고 하는 사람들은 없다. 그 순간부터 사람들은 처벌을 받더라도 크게 한탕만 하려고 한다.

"하지만 그들을 어떻게 해야 하지요?"

"어떻게 하긴요."

노형진은 씩 웃었다.

"일단 손발부터 자를 겁니다."

노형진의 눈이 번쩍거렸다.

⚖

"이 집이군요."

피해자의 집은 아파트 같은 곳이 아니었다.

아마 그런 곳이었다면 그들이 접근하지 못할 것이다.

"피해자는 그럼 지금 다른 곳에 있나요?"

"일단은 친척 집으로 대피해 있습니다."

"그럼 이 집은 빈집?"

"네."

"음…… 그러면 일단 사람을 좀 불러야겠네요."

"사람을 부르겠다고요?"

"네. 이곳에 사람이 사는 것처럼 꾸밀 생각입니다."

"네? 어째서요?"

노형진은 주변을 둘러보았다.

어둠 속에서 눈을 빛내는 몇몇 사람들이 보였다.

"주변에 사람들이 모여 있군요."

"자기네들 커뮤니티에 뿌렸으니까요."

그리고 그들은 합의서를 받아 내기 위해 압박하려고 여기로 몰려온 상황이다.

"이사는 할 계획이랍니까?"

"돈이 없어서……."

"쩝."

오는 길이 어둡다.

상당히 낙후된 지역이다.

이런 곳이니 저들이 사고를 칠 수 있었을 테고 말이다.

"경찰을 몇 번 불렀습니다만."

"경찰요?"

"네."

경찰이 몇 번이나 출동했지만 순찰을 돌 때만 자리를 이탈하고, 순찰이 돌아간 후에는 다시 와서 문을 두들기거나 무차별적으로 벨을 누르거나 담을 넘어서 집 안으로 들어오려고 시도했다고 한다.

"잘못 부르셨네요."

"네?"

"저들을 압박하기 위해서는 저들이 제일 무서워하는 사람을 불러야지요."

"제일 무서워하는 사람요?"

"네."

노형진은 지그시 그들을 바라보았다.

눈빛이 마주치자 슬쩍 시선을 돌리는 사람들.

"이런 말이 있지요."

멀어지는 그들의 뒷모습을 바라보면서 노형진은 차분하게 말했다.

"로마에서는 로마법에 따르라. 만일 거부한다면……."

어깨를 으쓱하는 노형진.

"로마의 법에 따라 처벌을 해야지요."

대한민국의 법에 따라

　　노형진은 그동안의 신고 기록과 출동 기록을 확인했다.
그리고 고개를 흔들었다.
　　"신고는 거의 매일같이 들어왔네요."
　　사건이 벌어진 지 벌써 3주째다.
　　그들이 거의 매일같이 찾아와서 행패를 부렸기 때문에 신
고 기록은 매일같이 있었다.
　　그런데 기록을 보면, 신고를 해도 집에 오는 건 고작 경찰
차 한 대. 그들이 슬슬 다가오면, 피해자를 괴롭히던 불법체
류자들은 잽싸게 숨어 버린다. 그리고 간 후에 다시 나와서
문을 두들긴다.
　　"이런 식으로 뭉쳐서 협박을 하다가 흩어지는 게, 아무래

도 미리 준비한 것 같군. 이래서는 퇴치가 안 될 텐데, 싸워서라도 쫓아내야 하나? 경찰에 신고만 하는 건 의미가 없는 것 같은데."

"어쩔 수 없었을 겁니다. 피해자들로서도, 한두 명도 아닌 여럿이 와서 저러는데 신고 말고는 대응책이 없었을 겁니다. 싸울 수도 없었을 테고요."

아무리 불법체류자라고 하지만 일단 그들도 사람이다.

때리는 순간 폭행이 성립된다.

그러니 싸울 수도 없다.

더군다나 도로는 공용이기 때문에, 그들이 뭉쳐 있다고 해도 처벌할 수 있는 규정이 없고 말이다.

"기껏해야 협박 정도인데……."

"잡을 방법이 없다 이거군요."

"네."

경찰에게 수십 명이 와서 괴롭힌다고 신고해도, 오는 경찰차는 고작 한 대니까.

"경찰도 잡을 의사가 없군요."

그렇지 않다면 벌써 박멸되었어야 한다.

매일같이 같은 행동을 하는데 못 잡는다는 건, 경찰로서는 그들을 잡을 의사 자체가 없다는 뜻이다.

무태식은 질려 버렸다는 듯 고개를 흔들었다.

"경찰 입장에서는 위험하게 그럴 필요가 없지요."

딱히 위험한 신고도 아니고, 피해자가 좀 괴로운 정도일 뿐이다.

경찰이 나서서 해결하기에는 상대방 인원도 많고 말이다.

"경찰에서 이걸 몰랐을 리는 없고……."

작게 모였을 때 열 명, 많이 모였을 때는 서른 명 가까이가 위협하는데 경찰이 몰랐을 리 없다.

주변에서 신고한 것도 있으니까.

그럼에도 불구하고 출동 차량은 언제나 경찰차 한 대.

"일단 해산이나 시키고 보자 이거네."

노형진은 머리를 북북 긁었다.

이런 식으면 해결될 리 없다.

"뭐, 이건 어렵지 않게 해결할 수 있으니까 걱정하지 마세요."

"무슨 수로 말인가?"

김성식은 고개를 갸웃했다.

무태식이 아무리 경찰에 외쳐도 들어 처먹지 않던 인간들이다. 그런데 간단하게 해결할 수 있다니?

"간단하게 협박 하나 하지요, 뭐."

"……협박요?"

"그래서 경찰에서 경찰 중대를 동원해 주지 못하겠다는 말씀입니까?"

노형진은 경찰서장을 찾아갔다.

무태식이 몇 번이나 찾아간 것은 알고 있다.

하지만 그래도 마지막 기회는 주겠다고 찾아간 것이다.

물론 같이 간 사람이 있기는 했지만, 그는 아무 말 하지 않고 조용히 듣기만 했다.

"아니, 몇 사람 몰려 있다고 경찰 중대를 동원하자고요?"

"벌써 2주가 넘게 그런 행동을 하고 있는데요?"

"그거야 뭐 자기들이 억울해서 그러는데 저희가 어쩝니까? 물론 저희도 최선을 다합니다. 하지만 사람을 보내면 이미 도망친 후라서요."

"아아, 그렇군요."

노형진은 고개를 끄덕거렸다.

서장은 귀찮은 표정이 역력했다.

"그래서 경찰 중대를 동원 못 하시겠다?"

"변호사님, 뭐 우리끼리 말씀입니다만, 경찰 중대를 동원하는 게 쉬운 일은 아니잖습니까?"

모이는 숫자가 최대 숫자인 서른 명이라고 한다면, 경찰 중대를 동원하려면 못해도 3개 중대를 동원해야 한다.

도주로를 막아야 하니까.

그리고 그걸 신청해서 허가받으려면 상당히 귀찮은 것도 사실이다.

사실 서른 명 정도가 행패를 부린다고 해도, 경찰에서 허가를 내준다는 보장도 없고 말이다.

"사정이 사정이니까요. 이해 좀 해 주십시오."

서장은 노형진도 잘 알 거라는 듯 싱글싱글 웃으며 말했다.

노형진은 그런 서장을 보면서 고개를 끄덕거렸다.

"그러니까 상부에서 허가를 내주지 않아서 경찰을 동원 못한다 이거군요."

"제 말이 그겁니다. 한 개 중대 쓰는 게 그렇게 쉬운 일이 아니에요. 더군다나 인권 문제도 있고. 사실 잡아 봐야 훈방인데 그걸 또 잡는 것도 그렇고."

"훈방이라……."

노형진은 턱을 문질렀다.

훈방이란다.

"그렇지 않습니까? 무슨 피해가 발생한 것도 아니고."

실실 웃는 서장.

'어이가 없네.'

이 경우 명백하게 특수협박죄에 들어간다.

야간에 위험물을 가지고 협박하거나 다중이 뭉쳐서 협박하면 형법상 특수협박죄에 해당되며, 이 경우 폭력행위등처벌에관한법률에 따르면 7년 이하 징역 또는 1천만 원 이하의 벌금에 처하도록 되어 있다.

그리고 외국인이 이러한 범죄를 저지르면 빼도 박도 못하고 추방이다.

"밤에 수십 명이 위험한 연장을 가지고 집을 포위하고 협박을 하는데 이게 훈방이라고요?"

"에이, 변호사님. 피해는 없지 않습니까?"

"쩝."

노형진은 입맛을 다셨다.

"아무래도 사회적으로 문제를 일으키는 게 좋은 것도 아니고."

실실 웃는 그를 보면서 노형진은 자리에서 일어났다.

"뭐, 그러면 할 수 없네요."

보아하니 그는 경찰 중대를 동원할 생각이 전혀 없는 듯했다.

"가시죠."

노형진은 같이 간 사람에게 말했다.

"그러지요."

"그런데 아까부터 옆에 계시던데, 누구신지?"

서장은 고개를 갸웃하면서 물었다.

옆에서 조용히 듣고 있어서 신경 쓰지 않으려고 했지만 뭔가 꺼림칙할 수밖에 없었다.

"아, 저요?"

"네. 노 변호사님 지인이신가요?"

"뭐, 지인이라면 지인이지요."

그는 머리를 긁적거리면서 말했다.

"기자인데요."

"네?"

"기자요. 뭐, 제 이름은…… 내일 조간을 보면 아실 겁니다."

그는 눈을 반짝거리면서 말했다.

"이야, 그나저나 경찰청 차원에서 수사를 막고 있었다니, 이거 의외네요."

"아…… 아니, 그게 무슨 말씀이십니까!"

"아까 그러셨잖아요, 위에서 허락을 안 해 줘서 병력을 동원 못 한다."

서장은 사색이 되었다.

확실히 오해의 여지가 있는 발언이었다.

정확하게 말하면, 귀찮아서 신청을 안 한 거다.

"거봐, 내가 이거 큰 건이라고 했지? 한우 쏴야 한다."

"땡큐, 선배."

뒤도 안 돌아보고 나가는 두 사람.

서장은 번개같이 달려가서 두 사람을 붙잡았다.

"아니, 잠깐만요. 이건 이야기가 다르지 않습니까?"

"무슨 이야기가 달라요?"

노형진은 매달려 있는 서장을 보면서 물었다.

"제가 경찰 중대를 요청했고 그래야 사건을 해결할 수 있다고 했는데, 거절한 건 서장님이시지 않습니까?"

"아니, 거절했다기보다는……."

옆에 있던 남자가 피식 웃었다.

"에이, 선배. 그건 아니지. 워딩을 정확하게 해야지. '상부에서 허가를 안 해 줬다! 그래서 사건을 은폐하려고 노력했다!'가 맞는 워딩이지."

"그런가?"

"그래."

서장은 벌벌 떨었다.

만일 이게 뉴스로 나가면 상부는 졸지에 가만히 있다가 뒤통수 맞는 꼴이 된다.

그리고 자신은 가루가 되도록 까일 테고.

그러면 끝장이다.

'내 커리어는……'

경찰서장?

아마 잘해 봐야 어디 저기 지방 소도시의 파출소장쯤으로 인생이 끝날 것이다.

말도 안 되는 헛소리를 지껄여서 경찰 수뇌부의 이름을 더럽혔으니까.

"도대체 그들에게서 얼마나 받고 사건을 무마해 주는 걸까?"

"글쎄. 안 받을 수도 있잖아?"

"모르지. 경찰 수뇌부가 이렇게 나서서 사건을 은폐할 정도면, 돈을 몇억 단위로 뿌리지 않았을까?"

얼토당토않은 소설을 쓰는 소리를 들으며 서장은 등골이 오싹했다.

물론 저게 다 개소리인 건 안다.

그는 땡전 한 푼 받은 적이 없으니까.

'하지만……'

문제는, 자신은 개소리인 걸 알지만 국민들은 모른다는 거다.

경찰 입장에서는 기자가 단순히 의혹을 제기하는 것만으로도 이미지에 심각한 타격을 입는데, 심지어 그 의혹을 제기했다고 고소할 수도 없다.

기자의 의혹 제기는 당연한 그의 업무의 영역이니까.

뭐, 항의한다고 해도 그동안 자신들이 한 짓거리가 있기도 하고.

"아니, 잘못했습니다. 제가 그런 의도로 말한 게 아니라……"

"제가 뭐 잘못 말했나요?"

노형진은 싱글거리면서 웃었다.

'뻔하지.'

사실 경찰 중대는 주로 시위 진압에 동원된다.

좋게 말해서 시위 진압이지, 엄밀하게 말하면 그것보다는 경찰 업무의 보조에 동원되어야 하는 것이 정상이다.

'하지만 지난 정권부터 경찰 업무보다는 국민들 억압에 더 많이 동원된 게 사실이지.'

가령 이번 사건 같은 경우, 경찰 중대가 주변을 포위하고 상당수의 경찰이 가서 체포하는 것이 정석이다.

그런데 그들은 체포나 수사 대신에 경찰차 한 대만 보내서 그 순간만 넘기는 식으로 설렁설렁 일했다.

'안 봐도 뻔하기는 한데.'

경찰 중대를 동원하는 걸 위로부터 허가받는 게 쉽지도 않을뿐더러, 서른 명이나 되는 외국인들을 제압하는 것 또한 쉽지 않다.

'거기에다 인권 운동가들도 문제고.'

아마 이런 일이 터지면 100% 인권 운동가들이 인권 침해라고 거품 물며 달려들 것이다.

피해자 개개인은 그저 민원을 넣는 정도밖에 못 하니, 경찰 입장에서는 긁어 부스럼을 만들고 싶지 않았으리라.

'하지만 그건 너희 입장이고.'

노형진은 속으로 비웃음을 날렸다.

"걱정하지 마세요. 뭐, 경찰이 일을 안 하겠다고 하니 다른 방법을 찾아야겠네요. 아, 그러고 보니 지난번에 어떤 경호 업체가 민영화 업무를 담당한다고 하던데."

"민영화가 아니라 민간화야, 민간화."

"아, 그런가?"

서장의 표정은 아예 죽을상이었다.

노형진이 담당했던 사건이라는 것을 그는 모르니까.

그리고 그 당시에 경찰뿐만 아니라 정부까지 가루가 되도록 까였다.

세상천지에 넘길 게 없어서 치안을 민간에 넘기느냐고.

그런데 또다시 그런 일이 터진다면?

'아…… 안 돼!'

자신은 몰락한다.

"생각해 보니 충분히 동원할 수 있습니다. 그러니……."

"안 하셔도 됩니다. 다행히 그곳 사장님이 저랑 친해서요."

서장을 질질 끌고 나가려고 하는 노형진.

물론 서장은 절대 놔줄 수가 없었다.

"제가 무슨 일이 있어도 동원하겠습니다. 꼭 약속드리겠습니다. 동원할 테니까……!"

"그래요?"

노형진은 나가려던 발길을 멈췄다.

"충분히 동원하시겠다는 말씀이지요?"

"네, 제가 그분 주변으로 충분히 사람을 동원하겠습니다."

노형진은 씩 웃었다.

사실 그들이 없으면 여러모로 곤란하다.

회사 내의 경호 팀으로 할 수 있는 규모의 작전이 아니었으니까.

"좋습니다. 대신에."

노형진은 거기에 한 가지 조건을 더 달았다.

아니, 달 수밖에 없는 조건이었다.

"사람들을 몇몇 더 데리고 가도 되겠습니까? 후후후."

깊은 밤.

노형진은 근처의 집 한 채를 빌려서 피해자의 집을 살피며 조용히 말했다.

"그래도 다행히 피해자분들이 도와주셨네요. 다시 오는 게 부담스러웠을 텐데."

"해결할 수 있다면 원래 집에 오는 게 뭐가 어려운 일이겠 느냐고 하시더군요."

집을 떠나서 여관을 전전해야 했지만, 사실 여관비도 절대 로 싼 게 아니다.

어쩔 수 없으니까 거기서 지냈을 뿐.

"그래도 집 안에 경호 팀을 같이 배치했으니 문제가 생기 지는 않을 겁니다."

노형진은 그렇게 말하면서 무태식을 바라보았다.

"그나저나 많이도 왔네요."

이 주변에 보이는 사람만 벌써 스무 명이 훌쩍 넘는다.

"아무래도 그동안 안 보이다가 왔다고 하니 기어들어 왔겠 지요."

노형진이 한 말에 무태식은 눈을 찡그렸다.

그럴 수밖에 없는 게, 그 말인즉슨 저들이 올 때까지 이 집 을 감시하고 있었다는 뜻이기 때문이다.

"미친놈들이군. 그런데 왜 이렇게까지 하는지 모르겠어. 아니, 그들도 불법체류자이긴 하지만, 이런다고 무슨 이득이 있는 건지 모르겠군."

김성식은 머리를 절레절레 흔들었다.

"결속의 문제입니다."

"결속?"

"네. 인권 운동가들과의 결속을 단단하게 해 놔야, 나중에 자신들에게 문제가 생겼을 때 도움을 받을 수 있을 테니까요."

"인권 운동가들이 이걸 청탁했단 말인가?"

"청탁을 하지는 않았겠지요. 하지만 고립된 공간에서 비슷한 처지의 사람들끼리 뭉치는 경우는 많지 않습니까? 아무래도 그런 거겠지요."

"그러면 자네 말은, 전에도 이런 경우가 있었을 거라 이건가?"

"안 그러면 이런 식으로 몰려다니면서 피해자를 억압하는 방식을 어디서 배웠겠습니까?"

"미치겠군."

"현실이란 그런 겁니다. 착하다는 말로 눈을 가리면 현실은 못 보죠."

물론 인종차별 같은 걸 해서는 안 되는 건 사실이다.

하지만 차별하지 말라는 말이, 그들이 우리보다 우월하다는 말은 아니다.

"똑같이 대해 줘야 하는 겁니다. 저도 그렇게 할 생각이고요."

노형진은 어깨를 으쓱했다.

어느 정도 시간이 지나고 집에 불이 켜지자, 그들은 천천히 집으로 몰려들었다.

그 선두에 선 사람을 보고 무태식은 주먹을 꽉 쥐었고, 김성식은 어이가 없었다.

"저 사람? 전에 그 사람 아닌가?"

"저 새끼가 아직도 정신을 못 차리고!"

선두에서 다가가는 사람.

그는 다름 아닌 무태식과 싸운 그 변호사였다.

그리고 그 주변으로 인권 단체 사람으로 보이는 이들이 몇몇 있었다.

족히 마흔 명은 되는 사람들이 집을 포위한 꼴이었다.

"미화 씨! 문 여세요!"

변호사는 문 앞에서 피해자의 이름을 부르면서 소리를 질렀다.

"소 취하서만 써 주시면 될 일입니다."

"취하서를 써 달라!"

"물론 억울하신 거 압니다. 하지만 사람을 죽일 수는 없지 않습니까?"

"취하서 써 주세요!"

"좋은 일 한다 생각하시고 써 주세요."

"써 달라!"

"취하서 써라!"

"무엇보다 사람 목숨이 우선입니다."

"사람이 죽으면 당신도 기분 좋은 건 아니잖아!"

안쪽을 향해 소리소리 지르는 사람들.

안쪽에서는 철저하게 무시로 일관했다.

애초에 노형진이 그러라고 했다.

대응할수록 피곤하니까.

아니나 다를까, 안쪽에서 대응하지 않자 분위기는 점점 더 과격하게 변하기 시작했다.

"취하서 내놔! 취하서!"

몇몇이 발로 대문을 차기 시작했고, 몇몇은 안쪽으로 돌을 던져 댔다.

"얼씨구?"

노형진은 그걸 보고 눈을 찌푸렸다.

그들이 점점 과격하게 행동하는 것을 보면서도 변호사들과 인권 운동가들은 딱히 막으려고 하지 않았기 때문이다.

"뭐 하는 짓거리야, 저거?"

변호사로서 상식이 있다면 당연히 막아야 한다.

그런데 그걸 두고 보는 사람들.

겁이 나서는 아닐 것이다.

그들의 표정은 여유로웠다.

"그러니까 어떤 방식으로든 취하서만 받아 내면 된다, 그런 것 같네요."

"어떤 방식으로든?"

"네. 가끔 있지 않습니까, 합의서를 받아 내기 위해 괴롭히는 인간들?"

"그런 놈들이 변호사를 한다고요?"

무태식은 어이가 없었다.

다른 사람은 몰라도 최소한 변호사라는 인간은 그러면 안되는 거 아닌가?

"뭐, 이해가 가기는 합니다만."

노형진도 이길 수 있다면 뭐든 다 하는 타입이니까.

상대방도 그런 타입일 수도 있다.

"하지만 저랑은 좀 다르네요."

자신은 합법 내에서 움직이고, 설사 불법을 할 일이 있어도 절대 걸리지 않게 한다.

하지만 상대방은 누가 봐도 불안감을 조성해서 취하서를 받아 내려는 것을 모른 척하고 있었다.

"미화 씨, 취하서만 써 주세요. 어차피 그들은 가난하니 돈을 받을 수 있는 것도 아니잖습니까? 사람 한 명 살린다 생각하고 취하서 하나만 써 주시면 모든 게 끝납니다."

끝까지 취하서를 써 달라고 요구하는 변호사.

"이런 상황이라면 다른 사람들은 취하서를 써 줄 수밖에 없겠네요."

노형진은 그걸 보면서 눈을 찌푸렸다.

경찰은 출동했다가도 도망가면 그냥 돌아가지, 신고해 봐야 피해가 없다고 수사는 안 하지, 인권 변호사들과 불법체류자들은 매일 밤 와서 이렇게 공포 분위기를 만들지.

그런데 심지어 변호사의 말마따나, 불법체류자들은 돈이 없어서 합의금이나 치료비도 못 받아 낸다.

결국 피해자는 차라리 잊어버리자는 마음으로 취하서를 써 주는 경우가 많았을 것이다.

"내가 봐도 그러네. 이건 한두 번 해 본 게 아니야."

김성식은 그들의 행동을 보고 부들부들 떨었다.

"그냥 두고는 못 보겠군."

"저도 그러네요. 무태식 변호사님, 얼마나 되었답니까?"

"잠시만요."

무태식은 어디론가 전화를 하더니 고개를 끄덕거렸다.

"지금 준비 끝났답니다."

"그래요? 그러면 이제 나갑시다."

노형진은 다른 사람들과 함께 옆집에서 나가서 그들에게 다가갔다.

"뭐 하는 짓입니까?"

"당신들은?"

상대방 변호사는 노형진과 그 일행을 보고 얼굴이 굳었다.

"왜 여기에 있는 겁니까?"

"우리 쪽 피해자를 어떤 미친놈들이 괴롭힌다고 해서 온 겁니다. 그게 당신이었습니까?"

"괴롭히다니요. 우리는 우리 의뢰인을 위해 취하서를 받아 내려고 노력 중인 것뿐입니다."

"그래요?"

노형진은 집을 에워싸고 있는 건장한 사내들을 물끄러미 바라보았다.

그리고 비웃음을 흘렸다.

"참 정의로운 분들이네요. 동료의 합의서를 위해 이렇게까지 하시다니. 그렇게 정의로운 분들이, 용케 가족을 버리고 여기로 오셨습니다?"

얼굴이 확 붉어지는 남자들.

"그건 모욕입니다."

"피해자를 괴롭히면서, 모욕에는 발끈하는 건가요?"

"물론 저희도 미안합니다. 하지만 이들은 자국으로 돌아가면 총살입니다."

"그래요?"

노형진은 머리를 긁었다.

"그러면 변호사님도 이 사람들에게 미안해하셔야겠네요."

"그게 무슨 말이죠?"

"지금부터 제가 이분들 모조리 총살시켜 드릴 거거든요."

"그게 무슨……?"

"손 들어! 경찰이다!"

그 순간 골목에서 나오는 사람들.

그들은 신분증을 내밀며 수갑을 들이밀었다.

그걸 본 사람들의 얼굴이 사색이 되었다.

"아, 망보던 사람들은 이미 제압되었습니다."

"튀어!"

"도망가!"

사람들은 너도나도 사방팔방 골목으로 도망가기 시작했다.

하지만 노형진은 그들을 쫓아가지 않았다.

"방금 말씀드렸잖아요, 총살시켜 드린다고."

이미 이곳은 경찰 3개 중대에 포위되어 있는 상황.

그들은 앞쪽에서 튀어나온 경찰들에게 제압되었다.

그들은 도망치기 위해 몸부림쳤지만, 이미 명령을 받은 경찰들이 그들을 풀어 줄 리 없었다.

"다…… 당신 뭐 하는 거야!"

"뭐 하긴, 당신과 똑같은 거 하는 거지. 우리 의뢰인 보호."

노형진은 차갑게 말했다.

그리고 안쪽으로 소리를 질렀다.

"이제 나오세요!"

"뭐…… 뭐라고?"

그러자 안쪽에서 나오는 사람들.

그들의 목에 걸린 신분증을 본 대부분의 남자들의 얼굴은 새파랗게 변했다.

"출입국 관리 사무소에서 나왔습니다."

순간 얼굴이 창백하게 변하는 변호사.

노형진은 그런 그를 보고 빈정거렸다.

"왜? 경찰 선에서 어떻게 무마할 수 있을 것 같았어요?"

사실 경찰과 출입국 관리 사무소가 항시 연락을 주고받으면서 일하는 것은 아니다.

그래서 불법체류자가 체포되거나 해도, 경찰이 출입국 관리 사무소에 연락을 하지 않아 추방을 면하는 경우도 종종 있다.

"당신들이 뭘 무서워하는지 알지."

그래서 저들은 경찰을 두려워하지 않는다.

경찰이 불법체류자에 대해 강하게 처벌하지 않는 것도 알고, 또 불법체류이다 보니 제대로 잡지 못하는 것도 안다.

어디에 있는지 모르니까.

"하지만 출입국 관리 사무소는 다르지요."

일단 그들의 시야에 포착되면 불법체류자들은 당연히 추방된다.

또한 한국에 다시는 입국하지 못한다.

"다…… 당신!"

"물론 여기에 있는 분들이 다 시리아에서 온 분들은 아니겠지만."

노형진은 그 변호사의 손을 꽉 잡았다.

"덕분에 박멸했습니다."

"당신! 뭐 하는 거야! 저들이 얼마나 불쌍한 사람들인데!"

"그건 내 알 바 아니고."

어떻게 해서든 벗어나려고 발악하는 자들을 보면서 노형진은 히죽 웃었다.

"저들도 불쌍하지. 그래. 하지만 내 의뢰인은 더 불쌍해."

"뭐?"

"목숨을 잃어? 그래서? 우리 의뢰인이 저항했으면 우리 의뢰인이 죽을 수도 있는 일 아니었나? 이런 고통으로 우리 의뢰인이 자살하면?"

노형진은 살려 달라고 비는 남자를 바라보았다.

아까 기세등등하게 문짝을 발로 차던 남자는, 관리 사무소 직원에게 눈물 콧물을 흘리면서 살려 달라고 빌고 있었다.

"죽고 싶지 않아? 그러면 이 나라에서 살아가려고 해야지."

"이건 인종차별이야! 인종차별이라고! 당신은 인종차별주의자야!"

노형진은 코웃음을 쳤다.

"내가 '아, 내 인생 헛살았구나.' 하면서 반성이라도 할 줄 알아? 나도 인권 사건 몇 개랑 불법체류자 사건들 몇 개나 해결한 사람이야."

"이익!"

"저들이 불법체류자라서 내가 이러는 것 같아? 천만에!"

노형진은 변호사의 눈을 뚫어지게 바라보았다.

"저들은 한국 법을 지키지 않았어. 그래서 난 법대로 저들을 고발하는 것뿐이고."

"미친 새끼!"

"한국에서 살고 싶다면 한국 법에 따라 살아야지. 자기들 문화가 여자를 어떻게 취급하는지에 대해서는 관심 없어. 거기서 뭘 하든, 그건 거기의 문제야. 여기는 여기의 방식이 따로 있고. 난 인종차별주의자가 아니라, 범죄자 차별 주의자야."

노형진은 그렇게 말하면서 변호사의 어깨에 손을 올렸다.

"기대해. 아직 2차전은 시작도 안 했어. 인권? 좋지. 하지만 그 전에, 너희가 무슨 짓을 저질렀는지부터 좀 깨달았으면 좋겠네."

상대방 변호사는 오싹함을 감출 수가 없었다.

⚖

"뭐라고요?"

"당장 사과하지 않으면 다들 나가겠다고 하더군."

김성식의 말에 노형진이 코웃음을 쳤다.

"그러니까 내가 자기들한테 사과하고 이번 사건을 무마하지 않으면 이곳에서 나가겠다?"

"그래."

"송정한 대표님은 뭐라고 하시던가요?"

"알아서 하라고 하더군."

애초에 인권 팀을 만들자고 한 사람도 노형진이었다.

다른 사람들은 그걸 좋게 생각하지 않았고.

즉, 유일하게 우호적인 사람이었다는 거다.

그런 노형진에게 협박이라니.

"나가라고 하세요."

"뭐?"

"나가라고 하면 됩니다. 변호사 사무실은 기본적으로 자유롭게 나갈 수 있는 곳 아니었나요?"

변호사 사무실에 들어오는 개개인의 변호사는 부하나 직원의 개념이 아닌 동업자의 개념이다.

그래서 들어오는 것도 나가는 것도, 법적으로는 자유롭다.

"그들이 나간다고 해서 제가 눈이나 깜짝할 것 같습니까? 세상천지에 인권 변호사가 자기들만 있다고 생각한답니까?"

노형진은 비웃음을 날렸다.

"차라리 잘되었습니다. 정치질하는 인권 변호사들 말고, 제대로 피해자들을 구제해 주는 인권 변호사로 바꾸죠."

"뭐, 자네 의견이 그렇다면야."

"의외네요. 김 변호사님이 쉽게 수긍을 하시다니."

"아주 질려 버려서 그러네."

"질려요?"

"지금 인권 단체에서 우리를 얼마나 씹는지 모르는 모양이군."

"킥, 알죠."

아마 지금쯤 인권 단체에서 새론은 거의 오징어나 껌 수준으로 씹히고 있을 것이다.

그럴 수밖에 없는 게, 이번에 체포당한 사람 중 다섯 명은 시리아로 돌아가면 사형당할 가능성이 아주 높은 이들이기 때문이다.

아니, 사형은 면하더라도, 그 지옥에서 살아남을 가능성은 거의 없다고 봐야 할 것이다.

"자기들이 뭘 잘못했는지는 모르나 보군요."

"자기들이 옳다고 생각하겠지."

"옳기는 개뿔. 진보는 그런 선민의식을 버려야 한다니까요."

세상에 절대적으로 옳은 건 없다.

시대가 바뀌면 사상도 바뀌는 법이니까.

"내가 전에 선배에게 들은 말이 있지. 천사가 모여 있다고 그곳이 천국은 아니다."

"어? 저도 그 말 아는데. 그거 혹시 박 교수님 아니신가요?"

"자네가 어떻게 알아?"

"아…… 그냥요."

회귀 전에 학교에서 형법을 강의하던 교수님이었다.

원래 검사 출신이라는 소리는 들었는데, 김성식의 선배였던 모양이다.

"맞아요. 명언이었죠."

천사가 모여 있다고 천국은 아니다.

천사가 모여 있다고 해도, 결국 그들은 자기 주변 사람들을 지키기 위해 싸울 수밖에 없다.

외부에서 누군가 나타나서 가족들을 해친다면, 아무리 착하다고 해도 구경만 할 사람은 없다.

"문제는, 바깥에서 오는 사람이 또 마냥 악은 아니라는 거지."

"맞습니다."

그들 역시 자신이 살기 위해 또는 가족을 살리기 위해 오는 사람들일 수도 있다.

그들이 보기에는 내부에서 저항하는 사람들은 악마다.

"안중근 의사님이 우리가 보기에는 구국의 영웅이지만 일본에서 보기에는 테러리스트이듯이요."

"그래."

물론 그들이 다른 곳에 와서 그곳에 적응해서 살려고 하는데 배척하는 것은 명백하게 차별이다.

하지만 그들이 그곳의 규칙을 깨고 우리 가족을 해치는데도 멍하니 구경만 하는 것은 호구일 뿐이다.

"저 변호사들은 그런 걸 몰라."

"그게 선민의식이라는 겁니다."

자기는 맞으니까 남의 말은 안 들어도 된다는 알량한 자존심.

"뭐, 그들이 나가든 말든, 더 이상 이야기는 하지 않겠네."

지금의 새론은 그 정도로 흔들릴 곳이 아니다.

도리어 인권 팀은 아주 심각한 적자를 만들어 내는 팀이었다.

구조상 그럴 수밖에 없었고.

그걸 메꿔 준 것이 바로 노형진이었다.

그들은 그걸 모르는 거고.

"그들의 행동은 그렇다고 치고, 자네는 이제 어쩔 건가? 이제 추방으로 끝낼 건가?"

"아니요. 그건 아닙니다."

노형진은 고개를 흔들었다.

"애초에 이 사건의 관건은 도피 중인 그 가해자들을 잡는 거였습니다. 잡힌 놈들은 억울하겠지만, 사실 그들이 표적은 아니었죠."

"그러면 어쩔 건가? 그들을 미끼 삼아서 가해자들이 있는 곳을 이야기하라고 할 건가?"

"아니요. 그건 불가능할 겁니다."

이미 그들의 소관은 출입국 관리 사무소로 넘어간 상황이다.

그러니 이쪽에서 풀어 달라고 한들 풀어 줄 수 있는 상황이 아니다.

"이런 상황이니 인권 운동가들은 더욱 그들을 보호하려고 할 겁니다."

"미쳤군."

김성식은 눈을 살짝 찡그렸다.

하지만 틀린 말은 아니다.

일이 이쯤 되면 그들은 자존심 때문에라도 가해자를 넘겨주지 않을 것이다.

"하지만 다른 방법이 있지요."

"다른 방법?"

"체포된 사람들 중 몇 명이 자국으로 돌아가면 죽는다고 하셨지요?"

"그러네."

"그들이 방법을 제공할 겁니다."

노형진은 몸을 돌려서 서랍에서 녹음기를 꺼내 들었다.

"그들은 살아야 할 테니까요, 후후후."

이것이 배은망덕

아질은 공포에 찌들어 있었다.

끼리끼리 뭉쳐 다니면서 협박을 할 때는 몰랐다.

하지만 잡혀 오고 나서 수사가 진행되자, 죽음의 공포가 몰려오기 시작했다.

어떤 처벌이 떨어질지는 모른다.

하지만 그 처벌의 끝이 결국 추방이라는 것은 알고 있다.

그리고 추방되면, 입국 즉시 형장의 이슬로 사라질 것이다.

아니, 그의 나라에는 이슬조차도 없다.

개죽음이다.

죽은 후에 대충 사막에 묻혀 버리는 개죽음.

"으으으…… 죽기 싫어…… 죽기 싫어……."

"입 닥치라고, 이 새끼야!"

"나라고 죽고 싶은 줄 알아!"

같이 갇혀 버린 동료들도 죽음의 공포에 반쯤 미쳐 가고 있는 상황.

더 이상 뭘 할 수도 없는 상황이었다.

인권 변호사들과 인권 운동가들이 어떻게 해서든 자신들을 풀어 주겠다고 하지만, 다른 것도 아니고 범죄를 저지른 이상 그게 불가능하다는 것은 누구보다 잘 알고 있었다.

"젠장! 그게 그렇게 위험한 행동인 줄 몰랐다고!"

겁만 좀 주면 취하서를 내줄 거라 생각했다.

그런데 설마 자신이 협박죄, 그것도 특수협박죄에 해당될 줄이야.

현장에서 잡혀 버린 데다가 불법체류자라는 특성상 구속영장이 발부되어 그들은 감옥에서 재판을 기다리고 있었다.

"으으으…… 싫어, 싫어……."

그는 머리를 부여잡으면서 울먹거렸다.

물론 같이 체포된 사람들도 다들 억울해했다.

하지만 그들은 추방되면 집에 가면 그만이지만, 그는 아니지 않은가?

"흑흑흑."

"아, 좀 그만하라고, 이 병신 새끼야!"

결국 그의 울음에 화가 폭발한 한 명이 소리를 지르며 다가오려는 찰나, 바깥에서 누군가를 찾는 소리가 들려왔다.

"34342번, 면회다."

"……."

"34342번, 면회라고."

"……."

"34342번, 없나!"

교도관이 소리를 지르자, 보다 못한 누군가가 아질을 툭 쳤다.

"너, 인마."

"네?"

"너 면회라고. 여기서는 숫자로 불러."

"아……."

아질은 그제야 자신의 가슴에 붙어 있는 번호의 의미를 알아차렸다.

"나가 봐."

"네……."

힘없이 바깥으로 나가는 아질.

그는 교도관에게 이끌려 면접실로 왔다.

그리고 그곳에서 생각지도 못한 사람을 만났다.

"당신은!"

"여, 신수가 훤합니다."

변호사 면회를 위한 곳에 있는 사람은 그의 담당 변호사가 아니라 노형진이었다.

"당신이 왜 여기에 있습니까! 당신 때문에 난…… 난……!"

"절 탓하지 마세요. 현행법을 모르시진 않을 텐데요? 범죄를 저지르면 추방되는 거, 알고 계셨잖습니까? 그런데 직접 범죄에 참가하고서는 그런 소리 하시면 안 되죠."

아질은 대꾸를 할 수가 없었다.

화가 나 미칠 지경이었지만 그의 말이 맞기 때문이다.

"왜 날 보러 온 겁니까? 날 조롱하러 온 겁니까?"

노형진은 씩 미소를 지었다.

"그럴 거라면 여기에 안 왔지요. 제가 그렇게 느긋한 사람도 아니고."

"그러면?"

"가해자들을 찾고 있습니다."

"어디에 있는지 모릅니다."

자신들이 아는 정보는 그저 인터넷에서 얻은 피해자의 주소뿐이었다.

"그래요?"

노형진도 그럴 거라고 예상은 했다.

원래 도구에게 계획을 알려 주는 사람은 없으니까.

노형진은 그렇게 생각하다가 아질을 바라보았다.

그는 죽음의 공포로 인해 완전히 새파랗게 변해 있었다.

"아질 씨, 당신은 추방되면 죽습니다. 알죠?"

"그만해요! 그만! 나도 죽기 싫어요!"

그래서 힘들게 탈출했다.

그런데 다시 거기에 끌려가게 생겼다.

"내가 당신에게 살 수 있는 방법을 알려 드리지요. 이대로 하면 살아날 가능성이 높아질 수도 있습니다."

"뭐라고요?"

"간단합니다. 당신 죄를 스스로 인정하세요. 그리고 당신이 아는 다른 사람들의 모든 죄도 말이지요."

"무슨 말입니까?"

"당신은 돌아가면 죽습니다. 반대로 돌아가지 않으면 살수 있지요."

"그래서요?"

"특수협박죄의 최대 형량은 7년입니다. 만일 당신에게 징역이 나오면, 당신은 최대 7년간은 살아남을 수 있다는 소리입니다."

아질은 고개를 번쩍 들었다.

그러자 노형진은 그에게 초를 쳤다.

"하지만 범죄의 특성을 생각하면, 잘해 봐야 벌금이겠네요. 뭐, 벌금을 내실 수는 없으니 아마 노역으로 때우실 테고, 노역이 끝나고 나면 추방되겠죠. 길어 봐야 한 달이지요."

아질은 부들부들 떨었다.

한 달.

자신이 살 수 있는 기간.

사실상의 시한부 인생.

"하지만 당신이 최대한 협조를 한다면 전 당신을 도울 수 있습니다."

"어떤 식으로요?"

"검찰과 판사에게 협상할 수 있지요. 최대 형량으로 내려 달라고."

"그, 그런……."

"그게 돌아가서 죽는 것보다는 나을 텐데요?"

아질은 아무런 말도 하지 못했다.

그가 들은 한국 속담 중에 그런 말이 있었다, 개똥밭에 굴러도 이승이 좋다는.

"특수협박죄의 최대 형량은 7년. 물론 그걸 인정받기는 힘들 겁니다. 하지만 당신이 저지른 다른 죄가 또 있다면 그것도 같이 붙게 됩니다."

"그건……."

"어떤 죄를 더 저질렀는지는 알아봐야겠지만, 일단 감옥에서 시간을 보내다 보면 내전이 끝나지 않겠습니까?"

아질은 고개를 번쩍 들었다.

내전이 끝나면 자신을 죽일 이유는 없어진다.

"거기에다 핑계도 생기는 거죠."

"핑계요?"

"네, 돌아오고 싶었지만 한국에서 감옥에 있었다는 핑계요."

아질의 눈이 번쩍거렸다.

어쩌면 그런 증명이라면 자신은 총살을 면할 수 있을지도 모른다.

노형진은 그가 흔들리는 걸 보면서 차분하게 말했다.

"사실대로 보자면, 당신이 살던 곳과 감옥 중 어떤 곳이 나을 것 같습니까?"

"그건……."

아질은 대꾸할 수가 없었다.

대꾸할 가치조차 없었다.

"여기가…… 훨씬……."

그곳은 언제 죽을지, 언제 끌려갈지 모르는 지옥이다.

먹을 것은커녕 마실 물도 부족하며, 언제 폭탄이 떨어질지 모른다.

운이 좋게 죽는 대신 수감된다고 해도, 그 지역을 상대방에게 빼앗길 위기면 수감자들이 상대방에게 협조하는 걸 막기 위해서 무차별 학살이 벌어지는 곳이 자신의 고향이다.

하지만 여기는 마실 물도, 먹을 것도 준다.

자유가 억압받기는 하지만, 최소한 죽을 걱정은 하지 않아도 된다.

"감옥에 있겠습니다."

결국 그는 한국의 감옥을 선택했다.

노형진은 그런 그를 보면서 씩 웃었다.

넘어올 걸 알았으니까.

"물론 감옥에 있으면 마음은 편하실 겁니다. 하지만 아까도 말했지만 당신이 저지른 죄는 기껏해야 벌금입니다."

"그, 그러면 어쩌라고요!"

"형량 협상을 시도한다고 했잖습니까."

"형량 협상?"

"네. 당신이 저지른 죄를 모두 자백하세요. 죄가 많을수록 형량은 늘어날 겁니다. 그리고 주변에서 듣거나 본 죄가 있으면 그것도 말하세요. 제가 그걸로 판사와 검사에게 형량 협상을 시도하겠습니다. 최대한 형량을 늘리겠다고 말입니다."

아질이 눈을 반짝거렸다.

'거참, 초유의 사태네.'

지금까지 형량 협상은 보통 형량을 줄이는 게 목적이었다. 그런데 형량을 늘이는 게 목적인 협상이라니.

"어떻게 하시겠습니까?"

"그건……."

"물론 하지 않으셔도 됩니다. 하지만 그 뒤가 어떨지는 누구보다 본인이 잘 아시겠지요."

아질은 입술을 깨물었다.

"혹시…… 종이랑 볼펜 있습니까?"

"드리지요. 잠시만요."

노형진이 바깥에 신호를 하자 교도관이 들어와서 아질을 고정 장치에 묶었다.

볼펜이나 연필은 자해를 하거나 다른 사람을 해치는 무기로 쓸 수 있다.

그래서 펜이나 연필을 쓰기 위해서는 기본적으로 손을 고정시켜야 했다.

"여기다 쓰시면 됩니다."

"다 쓰면 됩니까?"

"네, 다 쓰면 됩니다. 그러면 제가 그걸 가지고 가서 법무부와 협상을 해 보겠습니다."

아질은 고개를 푹 숙이고 서툰 한글로 아는 범죄를 모조리 쓰기 시작했다.

⚖️

"살인까지 있네요? 이거 뻥 아닐까요?"

무태식은 노형진이 받아 온 종이를 보고 어이가 없어졌다.

형량만 늘려서 한국에 있을 수 있다면 뻥도 있을 수 있다고 생각할 만큼 범죄의 종류는 많았다.

"뻥은 아닐 겁니다. 시체가 있는 위치까지 적었으니까요."

그들 중 한 명은 살인 경험까지 있었다.

피해자는 동료 불법체류자.

그 시체는 산속에 묻어 버렸다고 했다.

거길 파 보면 뭐든 나올 테니, 뻥을 칠 만한 것이 아니다.

"어이가 없군. 이렇게 많은 범죄를 저지르다니."

"불법체류자는 추적하기가 쉽지 않으니까요."

협박에 추행에 도둑질에 강간까지, 별별 범죄가 다 있었다.

"증명할 수 없는 범죄는 뻥일 수도 있지 않나?"

"그건 그렇지요. 그건 어차피 협상할 때 걸러질 겁니다."

그들의 말을 무조건 믿을 수는 없으니까.

"중요한 건 이거죠."

노형진은 다른 종이를 꺼내 들었다.

마찬가지로 빽빽하게 쓰인 종이.

"인권 운동가들의 범죄행위입니다."

"뭐라고!"

깜짝 놀라서 일어나는 두 사람.

설마 인권 운동가들의 범죄행위가 나올 줄은 몰랐던 것이다.

"어떻게 된 건가? 그들의 범죄행위라니?"

"인권 운동가들이 모두 법을 지킬 수는 없습니다. 사실 그게 정상적인 것도 아니고요."

정부와 권력은 인권을 탄압하기 위한 방향으로 가려는 속성이 있다.

권력을 유지해야 하니.

그리고 그 법을 만드는 것이 바로 정부와, 권력을 가진 국회의원들이다.

"악법이라고 해야 할까요? 당연히 그들은 자국민의 인권을 탄압하기 위한 법을 만듭니다. 인권 운동가가 그 법을 모두 지키면서 인권 운동을 할 수는 없습니다. 예를 들면……이런 게 있네요. 최근에 미혼모 지원 규정이 바뀌지 않았습니까?"

정부에서 미혼모 시설의 지원 규정을 바꾸었는데, 이것의 문제가 뭐냐면 전국에 있는 미혼모 시설의 70% 이상이 이 규정을 지킬 수 없다는 것이다.

기존의 미혼모 시설이 규정을 지키지 않는다는 이유로 처벌을 받는 건 아니지만, 규정 때문에 국가의 지원을 받을 수 없게 되면 폐쇄하든가 지원 없이 운영해야 하는 처지가 되어 버린다.

"그, 그런 일이 있었나?"

"네, 이런 건 인권 침해입니다. 하지만 사람들은 잘 모르죠."

"으음…….."

"그건 좀 너무하군요."

한 해 미혼모들이 얼마나 많이 발생하는지, 제대로 된 케어를 받지 못해서 목숨조차 위험해지는 미혼모가 얼마나 많은지 정부는 관심도 없다.

일단 돈을 아끼라고 하니까 저항할 세력이 없는 사람들에 대한 지원부터 끊는 것이다.

좀 독하게 말하면 사람 죽여서 돈 아끼는 것이나 마찬가지다.

"하여간 인권 운동을 하다 보면 현행법을 다 지킬 수는 없지요."

"그걸 다 고발하겠다는 건가? 아무리 척졌다고 하지만 난 반대일세."

김성식은 아무래도 그건 아니라고 생각했다.

어쩔 수 없이 법을 지키지 못하는 것과, 계획적으로 지키지 않는 것은 다르다.

"압니다. 저도 그럴 생각 없습니다."

"그럼?"

"문제는 전에 말씀드렸다시피 선민의식입니다."

사람을 돕기 위해 어쩔 수 없이 법을 어기는 것은 노형진도, 대부분의 사람들도 알면서 모른 척하는 부분이 있다.

그런데 정부에서 그걸 모를까?

대부분의 사회적인 위법행위들은, 정부도 모르지는 않는다.

정부는 조직이고 조직은 사람이 만드는 곳이니, 그런 방식이 있다는 걸 정부에 속한 누군가는 알고 있을 테니까.

다만 모른 척할 뿐이다.

그걸 고치려 들면 사회적 저항이 심해서, 자신들에게 정치적 부담으로 다가오니까.

"법을 지키지 않다 보면 선민의식을 가지게 되니까요."

"그렇군."

"저도 무슨 뜻인지 알겠습니다."

두 사람은 고개를 끄덕거렸다.

인정할 수밖에 없는 말이니까.

"그게 문제지."

상습적으로 법을 어기는데 인권 단체라는 이유로 처벌을 받지 않거나 약한 처벌을 받으면, 그들은 자신들이 법 위에 있다고 생각한다.

"호의가 권리인 줄 아는 셈이지요."

"그건 그렇지."

만일 단순히 불법체류자에게 먹을 것과 입을 것 그리고 의료 지원을 하는 거였다면?

노형진은 신고는커녕 도리어 자금을 지원해 줄 의사도 있다.

"하지만 그들과 함께 행동하는 인권 운동가들과 변호사들은 이미 선민의식을 가지고 있습니다."

자신들이 법 위에 있으니까 법은 자신들을 봐줘야 한다.

그러니 자신들이 뭘 하든 그건 자기들 마음이다.

"지금 명백한 범죄에도 불구하고 가해자를 도피시키고 있는 것이 바로 그런 행동의 결말이지요."

법보다 위에 있으니 법이라는 것 자체를 지킬 의지가 없어지는 것이다.

"물론 대부분의 인권 운동가들은 그런 생각 하지 않는 거 압니다."

"그렇지. 대부분은 그런 생각까지는 하지 않지."

"하지만 선민의식이 강한 일부 극렬 운동가들이 문제지요."

범죄자는 범죄자일 뿐이다.

그들이 약자라는 이유로 도리어 보호받을 가치가 있는 건
아니다.

"강자든 약자든, 법은 똑같이 적용되어야 하니까요."

"그러면 저건…… 그 인간들이 저지른 죄라는 소리군."

"네. 김 변호사님도 말씀하시지 않았습니까? 저들이 하는
행동이 익숙하다고."

"그랬지. 허허, 참."

즉, 이 안에는 그들이 이런 식으로 피해자를 협박해서 무
마한 사건이나, 사회적 약자라는 이유로 범죄를 알고도 은폐
한 사건들이 있었다.

그걸 아는 대로 적어 준 것이다.

"이 정도까지 타락했다고요?"

무태식은 충격을 받은 얼굴로 말했다.

그럴 수밖에 없었다.

인권이라는 이름으로 운동하는 집단이다.

그런데 그들이 감춘 사건이 적지 않았다.

"미치겠군."

불법체류자가 범죄를 저지르고 도망쳐 오거나 했을 때 경
찰에게 넘겨주지 않는 경우는 양반이었다.

경찰의 경우 불법체류자 정보가 없기 때문에 이런 단체의
도움을 받아야 하는데, 누구인지 알면서도 알려 주지 않은
경우도 있었다.

"잠깐…… 이거 우리 사건 아닌가?"

무태식은 가해자 이름을 보고 어이가 없었다.

"허, 미쳤군."

경찰도 아예 수사를 하지 않은 건 아니다.

이들에게 도움을 청하러 왔다.

그리고 사진을 보여 주며 그들이 누군지 물었는데, 인권
단체에서 그 가해자들이 누군지 알고 또 어디에 있는지 알면
서도 알려 주지 않았다고 적혀 있었다.

아니, 그 정도가 아니었다.

"위층에 있었다고?"

"그렇다네요."

"이런 미친놈들."

그 네 명의 강간범들은 그 인권 사무실 바로 위층에 있었다.

하지만 그곳 담당자는 그들이 누군지 모른다고 경찰을 돌
려보낸 후 바로 네 사람을 도피시켰다고 적혀 있었다.

"이놈들이 진짜……."

무태식은 분노로 부들부들 떨었다.

"허, 이게 인권 운동가들의 현실인가?"

"일부입니다, 일부. 너무 열 받지 마세요. 진짜 인권 운동

하는 분들이 섭섭해하십니다."

"끄응……."

지금도 진짜 인권을 위해 정부나 거대한 기업에 맞서 싸우는 사람들은 많다.

"그런데 왜 우리 쪽은 이런 인간들이 많은 거야?"

"제가 실수한 겁니다."

노형진이 세력화하면 인권 변호사들이 좀 더 힘을 쓸 수 있을 거라 생각해서 만든 게 인권 팀이다.

"하지만 그곳을 정치적으로 사용하는 사람들이 들어올 줄은 몰랐습니다. 서승진 변호사님이 그러시더군요. 나중에 들어온 상당수 인권 변호사들은, 인권 자체보다는 정치적인 스펙으로 삼기 위한 놈들이었다고."

"으음……."

"그리고 그게 뭐가 문제인지 아시죠?"

"Political correctness."

정치적 올바름.

그게 문제였다.

"정치에 관심이 많은 사람들입니다. 그들은 사회적 상식에 따른 판단보다는, 이것이 정치적으로 바른가 아닌가를 기준으로 판단합니다."

"그리고 사회적 약자인 그들이 더 올바르다고 판단한 거군."

"네. 사실 그게 참 웃긴 거죠."

정치적 올바름이라는 것을 가지는 순간, 그 사람은 정치인이지 인권 운동가가 아니게 된다.

인권이란 사회적 상식에 기반한 개개인의 권리니까.

"그런데 이걸로 뭘 하려고? 이걸로 고발한다고 해도 변호사들이 처벌을 받지는 않을 걸세."

"압니다. 변호사는 비밀 유지의 의무가 있으니까요."

그래서 변호사는 의뢰인을 도피시킨다고 해도 처벌을 받지 않는다.

"하지만 인권 단체는 변호사가 아니지요."

"아······."

"지금 인권 단체가 하는 행동은 명백하게 범인은닉죄와 범죄자 도피죄에 해당됩니다."

지금까지는 경찰이 그런 걸 알면서도 모른 척했다.

인권 단체니까.

괜스레 건드려서 사회적으로 지탄받고 싶지 않으니까.

"하지만 우리가 증거를 들고 고발하면 이야기가 달라지지요."

"과연 그럴까?"

무태식은 고개를 흔들었다.

"사회적 가면은 때로는 강력하다네. 그들이 인권 단체의 가면을 쓰고 활동하는 이상 그들을 고발하는 것은 쉽지 않을 거야."

"압니다."

노형진은 고개를 끄덕거렸다.

자신들이 고발한다고 한들 어찌 되었건 경찰이 수사하는 것은 변함없는 사실이니, 사회적 지탄은 경찰에게로 향할 것이다.

"압니다. 그러니 내분을 만들어야지요."

"내분?"

"내분이라니요?"

"인권 단체라는 게 그들만의 단독 권리는 아니지 않습니까? 사실 인권이라는 것은 개개인의 입장에 따라 달라지는 거고요."

"그래서?"

"우리가 먼저 다른 이름으로 고발하는 겁니다. 그걸 대대적으로 공표하는 거죠."

"아!"

그렇게 된다면 경찰은 사람들의 표적에서 벗어나게 된다.

그 공격을 의뢰한 사람들이 따로 있으니까.

"하지만 우리한테 공격이 쏠릴 텐데? 하긴, 뭐 상관없나?"

어차피 한 번 쓰고 버릴 단체라면 딱히 신경 쓰지 않아도 된다.

하지만 노형진은 그 단체를 쓰고 버릴 생각이 없었다.

"아니요. 그 단체는 유지할 겁니다."

"유지? 그러기 위해서는 그 단체의 정당성이 상당해야 할 텐데."

인권 단체들은 끼리끼리 뭉쳐 있는 성향이 강하다.

그러니 이쪽이 어지간한 정당성도 없이 고발하면 비난받게 될 것이다.

"정당성이야 확보하고 있지요."

"정당성은 이미 확보하고 있다고?"

"네. 꼭 필요하지만 인권 단체에서 관심을 보이지 않는 것이 있지 않습니까?"

"어떤 거 말인가?"

"피해자요."

정작 가해자나 범죄자 인권에는 거품을 물고 달려드는 사람들이 많지만, 피해자의 인권에 신경 쓰는 사람은 거의 없다.

"웃긴 일이지요."

그들의 주장은 간단하다.

그래도 피해자들에게는 자유가 남아 있지 않느냐 하는 것.

하지만 자유가 모든 것에 대한 만병통치약은 아니다.

"도리어 그게 천부인권이죠."

그걸 가지고 있다고 모든 게 용서되는 게 아니다.

자기 걸 가지고 있으니 당연히 넌 용서해야 한다는 게 말이 되는 소리인가?

"만일 제 가족이 죽었는데 제가 10년간 감옥에 갇혀 있는 대신 그 가족을 살릴 수 있다면, 그렇게 할 겁니다."

"후우, 틀린 말은 아니군."

하지만 범죄자들은 사람을 죽여 봐야 5년 정도 살다 나오는 게 현실이다.

가족은 그 고통으로 평생을 몸부림치고 때로는 그걸 이기지 못해서 자살하는 데 비해, 그들은 짧으면 5년, 길면 10년 안에 나와서 떵떵거리면서 잘만 살아간다.

"피해자 인권 단체를 만들 겁니다."

"확실히 그거라면 다른 인권 단체가 뭐라고 할 수가 없겠군."

인권 운동을 하지 않는 일반 사람들의 입장에서는 피해자가 가해자보다 더 불쌍하다. 그런데 그런 사람들을 인권 단체가 모욕하고 나서면, 인권 단체의 이미지는 시궁창으로 처박힌다.

"자네가 계속 유지하겠다는 이유를 알겠군."

피해자 인권은 사실 현대에서는 철저하게 버려진 상황이다.

누구도 그들의 고통에 눈길을 주지 않는다.

오로지 가해자의 인권만 챙길 뿐.

"진짜로 고통받는 사람들을 위해 활동하는 단체를 만들 겁니다. 그리고 거기에 제대로 지원도 해 볼 거구요."

"이번 일에 생각이 많았나 보군."

노형진은 씁쓸하게 웃었다.

"일단은 단체를 만들죠. 과연 저들이 어떻게 반응하는지 두고 보지요."

　피해자 인권 단체인 전국피해자인권협회라는 곳이 인권 단체들을 고발했다.

　그리고 그 소식은 빠르게 뉴스를 타고 퍼졌다.

　-피해자인권협회는 가해자들의 범죄를 은닉하고 그들의 도주를 도와준 죄목으로 다섯 개 단체를 경찰에 고발했습니다. 해당 단체들은 강간범을 도와······.

　뉴스마다 다 그 이야기를 신나게 떠들었고, 웹상에는 피해자인권협회에 대한 칭찬이 가득했다.

　-완전 사이다.
　-강간범을 도와주다니, 제정신인가?
　-씨발, 국민 인권은 인권도 아니냐?
　-물건에 이어 인권조차도 차별받는, 역시 글로벌 호구 한국인들.

　신나게 퍼지는 뉴스를 보면서 무태식은 기분이 묘했다.
　"왜 이렇게 언론에서 우리를 물고 빠는 건지 모르겠네요."
　"아, 그거요?"
　물론 인권 단체가 인권 단체를 고발한 특수한 경우이기는 하다.

하지만 그게 9시 뉴스에 메인으로 올라갈 정도의 파급력을 가질 일은 아니다.

그런데 각 방송사와 언론사는 그걸 집중적으로 다루면서, 부패한 인권 단체들로 인해 인권이 추락했다는 식으로 몰아가고 있었다.

"간단합니다. 현 정권은 보수파니까요."

"네?"

"애초에 인권 운동은 진보 아닙니까?"

"아……."

현 정권은 프락치로 권력을 잡은 집단이다.

그렇다 보니 소위 말하는 좌파 정권에 대해 극도로 적대적이다.

"인권 단체는 태생 자체가 좌파적일 수밖에 없으니까."

"그러니까 이참에 밟아 버리겠다, 뭐 이런 건가요?"

"네."

"설마 이걸 다 예상하시고?"

무태식의 말에 노형진은 씨익 웃으며 말했다.

"예상했습니다. 저들 입장에서는 상대방을 밟을 수 있는 기회가 된다면 당연히 써먹을 거라는 것을요."

정치적인 관계를 써먹는 게 나쁜 것은 아니다.

다만 중요한 것은 중립을 지키는 것.

"어찌 되었건 현 상황에서 일부 단체를 제외하고는 우리를 공격하지 못하지요."

이쪽은 피해자들을 등에 업고 있다.

이미 수많은 피해자들이 지원을 요청한 상황이다.

"마이스터의 이름으로 전국 주요 도시의 상담소와 연계하는 것도 사실이고요."

가해자 따위는 상관없다.

오로지 범죄의 피해자만 보호한다.

그런 논조는, 지금까지 당하기만 했던 선량한 사람들의 마음을 울렸다.

"인권이라는 게 사실 사람들에게는 멀게 느껴지는 권리일 뿐입니다. 하지만 피해자 인권은 아니죠."

자유권이니 시위권이니 하는 그런 건, 대부분의 사람들에게 그다지 큰 영향을 주지 못한다.

하지만 살면서 어떤 범죄에도 당하지 않은 사람은 없고, 그들은 피해자들에게 동질감을 느낀다.

"아마 인권 운동은 피해자 위주로 재편될 겁니다."

가해자 인권 운동은 상당히 위축될 테고 말이다.

일단 정부에서 나오는 지원도 이쪽으로 쏠릴 테고, 국민들의 지원도 이쪽으로 쏠릴 테니까.

"일단은 잡혀갈 놈들이 잡혀가고 나면……."

쾅!

그 순간 문이 열리면서 한 무리의 사람들이 들이닥쳤다.

"너 이 새끼! 뭐 하는 짓거리야!"

다름 아닌 인권 팀의 변호사들.

"무슨 일입니까?"

노형진은 천연덕스럽게 말했다.

"인권 운동가들을 고발했다는 게 말이나 돼!"

"넌 악마야!"

"인권 운동가들이 저지르는 범죄는 알고도 구경만 해야 하나요?"

"그렇다곤 해도 고통받는 사람들을 도와주는 사람들을……!"

노형진은 코웃음을 쳤다.

"고통?"

"그래!"

"그들이 고통을 알까요? 제가 살아오면서 가해자가 피해자의 고통을 안 경우는 손에 꼽을 정도입니다만?"

범죄의 피해로 고통받는 사람들이 한두 명이 아니다.

그런데 가해자의 고통을 이야기하다니.

"하지만 그들은 사회적으로 약자라……."

"약자라서 가해를 해도 된다는 법은 없지요."

"살기 위해 어쩔 수 없이 그러는 거 아닙니까!"

"도대체 어떻게 강간이 살기 위해서 하는 일이 됩니까?"

라면이나 쌀을 훔친 것도 아니다.

먹고살기 위해 돈을 훔친 것도 아니다.

강간이다.

그 죄는 오로지 쾌락만을 위해 벌어지는 범죄다.

"악마 같은 자식."

몇몇 인권 팀 변호사들이 이를 빠드득 갈았다.

"다른 거라면 이해할 수도 있겠지만, 강간범을 은닉해 줘요? 그게 인권 팀의 가치인가 보군요."

"말할 가치를 못 느끼겠군. 뭐가 올바른지도 모르고."

"네네, 잘 알겠습니다. 저 삐뚤어진 인간입니다."

노형진이 빈정거리자 그들은 이를 갈았다.

하지만 할 말이 없었다.

상식적으로 생각하면 노형진의 말이 맞으니까.

"가자."

"가자고."

그들은 결국 말발에서 이길 자신이 없자 몸을 돌려서 노형진의 사무실에서 나가려고 했다.

하지만 노형진은 그들을 그냥 보내지 않았다.

"잠깐!"

"뭐? 왜?"

"오신 김에 이야기해 드리지요. 다음 달 말까지 방 빼 주세요."

"뭐?"

입을 쩍 벌리는 인권 팀 변호사들.

"나가신다면서요?"

"그건…….''

분명 나간다고 했다.

'하지만 나갈 생각은 없었겠지.'

뻔하다.

이곳에서는 월급과 활동비 등 모든 것을 다 지원해 준다.

심지어 '새론'이라는 강력한 타이틀까지 얻을 수 있다.

그들이 나간다고 겁준 것은, 자기들이 세력이 많으니까 알아서 기라는 하나의 협박이었다.

그런데 노형진이 먼저 나가라고 할 줄이야.

"그리고 다음 달부터는 인권 팀 정식으로 해산하고 지원도 끊어지니까 그렇게 아시고요."

"지금 인권을 뭘로 보고!"

"인권을 뭘로 보는 게 아니라, 그래서 피해자인권협회가 들어온다니까요."

노형진은 그들을 바라보면서 말했다.

"변호사가 어떤 인권을 우선시하는지는 각자의 선택 아닙니까?"

누군가는 여성 인권을, 누군가는 범죄자 인권을, 누군가는 피해자 인권을 우선시한다. 인권은 때때로 충돌할 수밖에 없으니까.

"우리 새론은 피해자 인권을 우선시하기로 한 것뿐입니

다. 거기에다, 먼저 나가겠다고 한 건 그쪽 아닌가요?"

부들부들 떠는 사람들.

하지만 이미 자신들이 협박한 것은 사실이기 때문에 부정할 수는 없었다.

"안녕히 가세요. 빠이빠이."

노형진은 부들부들 떠는 사람들에게 상큼하게 미소를 날렸다. 그리고 멀어지는 그들에게 크게 외쳤다.

"만나서 더러웠고! 다시는 만나지 말죠!"

"큭."

옆에서 보고 있던 무태식은 결국 그들이 나가고 나자 빵터지고 말았다.

"아주 제대로 엿을 먹이네요."

"엿 먹을 짓을 했으니까요."

노형진은 어깨를 으쓱하면서 몸을 돌려서 봉투를 들었다.

"그나저나 이거 봤을까요?"

"봤다고 해도 뭐, 자기들이 어쩌겠어요?"

노형진이 씩 웃으며 말했다.

"법대로 하겠다는데, 후후후."

⚖️

가해자들이 있는 곳을 찾아내는 것은 어려운 일이 아니었다.

아무리 그들이 감추려고 노력했다지만 새론은 정보 팀이 있으니까.

그들이 있는 곳은 어떤 교회였다.

"외국인 교회입니다. 목사님이 외국인 선교를 전문으로 하는 분이시고요."

외국인이 많은 구로구에 위치한 작은 교회.

그 입구에는 여러 나라 말로 환영한다는 말이 붙어 있었다.

"경찰은?"

"아무래도 종교 시설이라 강제 진입이 불가능하다고 하더군."

김성식은 입맛을 다시며 말했다.

이미 수많은 인권 단체들이 입구를 틀어막고 있으니 강제 진입하면 도망갈 테니까.

"뭐, 흔한 일이기는 하네요."

한국은 종교와 정치가 분리되어 있다.

그래서 서로 터치하지 않는 게 보통이다.

경찰도 어지간하면 종교 시설에는 공권력을 투입하지 않는다.

옛날에는 정치적으로 탄압받던 사람들이 종교 시설로 도망치는 경우도 많았다.

"아무래도 그들을 넘겨줄 생각이 없는 것 같은데."

"상관없습니다."

"뭐?"

"상관없다고요."

노형진은 몰려 있는 사람들을 보면서 미소 지었다.

"하지만 저들에게 벌을 주지는 못하지 않나?"

"벌이라……."

노형진이 씩 웃었다.

"벌이라는 게 뭐라고 생각하십니까?"

"뭐?"

"교도소란 어떤 공간이라고 하는 게 맞는 걸지도 모르겠네요."

"질문의 요지를 모르겠군."

"교도소는 범죄자를 일반인으로부터 격리시키는 공간입니다. 그리고 저곳은 범죄자를 일반인으로부터 충분히 격리하고 있지요."

교회가 아주 큰 것은 아니었다.

대략 80평 정도.

그 안에 교회의 목사와 범죄자들이 같이 있을 것이다.

그리고 서른 명의 인권 운동가들과, 목사의 가족들까지.

"자랑스러운 인권 운동가들 아닙니까? 그러니까 자신에게 닥쳐온 고난을 얼마나 잘 버티는지 두고 보죠, 후후후."

⚖️

노형진은 그곳에서 체포를 막는 사람들의 면면을 모조리

카메라로 찍었다.

그리고 그들에 대해 조사를 했다.

얼마 지나지 않아 그들의 신분이 나왔다.

노형진은 그들에게 손해배상과 압류를 걸었다.

"범죄가 있으면 손해배상이 있는 법이니까요."

그들은 명백하게 가해자를 보호하고 있으니, 그 경우에는 손해배상을 청구하거나 경찰의 체포 업무에 대한 공무집행 방해를 걸고넘어질 수 있다.

상황이 이렇게 되자 경찰도 부담을 느낀 건지 잽싸게 고발을 진행했다.

그러자 상황이 돌변했다.

그곳에 있는 사람들이 가해자를 지키는 게 아니라, 그들이 모두 공무집행방해죄와 범인은닉죄의 범죄자가 되어 버린 것.

"이렇게까지 할 줄은 몰랐는데?"

"뭐, 자칭 인권 운동가들 아니십니까? 인권 운동가들에게 고난은 하나의 역사 아니겠습니까?"

그들은 정부와 싸우고 거대 기업과 싸우면서, 투옥되고 고문받고 손해배상을 청구받으면서 고통을 받았다.

하지만 오로지 사람 하나만을 믿으며 그 길을 걸어온 사람들이 바로 인권 운동가들이었다.

"과연 그 후예들은 어떤 소리를 할지 두고 보자고요."

노형진은 제법 두툼한 서류를 꺼내며 말했다.

"그나저나 이 많은 재산을 언제 다 가압류한대요?"

⚖️

"이건 아닌 것 같은데."

"어어…… 이거 뭐야?"

"우리 집에 압류가 들어왔다고?"

교회에 있던 사람들은 당혹감을 감추지 못했다.

자신들이 공무집행방해로 고발되는 것은 예상했다.

하지만 범인의 도피를 도운 죄목으로 고발당하고 또 같은 이유로 민사소송까지 당하는 것은, 전혀 예상하지 못한 부분이었다.

"당장 나가서 따져야 합니다."

"나가서 따져야 한다고?"

"나갈 수나 있고?"

그들은 서로를 바라보았다.

교회 앞에는 노형진이 보낸 사람들이 서 있었다.

그리고 경찰이 보낸 사람이 아예 상주하고 있었다.

자신들이 나오는 순간 체포하겠다고 말이다.

"미친……."

자신들에게 체포 영장이 발부되었다는 소식은 들었다.

그리고 그 사실은 교회 앞에 있는 경찰들도 알고 있다.

그러니 그들이 바깥으로 나가는 즉시 체포될 것은 당연한 일.

"나갈 수도 없고."

지키려고 왔지만 졸지에 그들이 갇혀 버렸다.

집에서는 집이 가압류되었다고 다급하게 전화가 오고 난리인데 갈 수도 없게 된 것이다.

"미치겠네……."

"아니, 어떻게 일이 이렇게 꼬이냐."

"버텨야 합니다. 버텨서 이겨 내야 합니다."

그들은 자존심을 지키겠다면서 다시 연좌 농성에 들어갔다, 이 싸움이 얼마나 길게 갈지, 전혀 예상하지 못한 채.

⚖️

"아이고, 덥다."

노형진은 푹푹 찌는 날씨 속에서 교회를 바라보았다.

교회에서는 문이란 문은 다 열어 두고 열기를 빼고 있었다.

하지만 그 안에 섞여 있는 쿠리쿠리한 냄새는 어쩔 수가 없었다.

"물 끊긴 지 몇 달이지요?"

"한 달째군요."

"제법 버티네."

"노 변호사님 진짜 악마 맞는 것 같네요."

노형진은 씩 웃었다.

"천사도 바깥에서 보면 악마입니다."

노형진이 그 안에 있는 인권 운동가들에게만 압류를 건 것이 아니다.

교회에도 압류를 걸었다.

당연히 교회의 목사도 범인은닉죄와 공무집행방해죄로 고발된 상황이라 교회 바깥으로 나올 수 없었기에, 교회에 건 소송은 불출석으로 이쪽이 승리할 수 있었다.

노형진은 그 판결문을 가지고 해당 교회의 자금을 모조리 막아 버렸다.

당연히 전기세와 수도세를 내지 못하게 되었고, 결국 얼마 전에는 전기와 수도가 끊겨 버렸다.

뜨거운 한여름에 그 두 개가 끊긴 상황에서, 안에 있는 사람들은 고통에 몸부림칠 수밖에 없었다.

"자, 자, 냉면 왔네요. 먹읍시다."

노형진은 배달 온 냉면을 뜯으면서 교회 쪽을 힐끔 보았다.

"와, 진짜 잔인하네."

손채림은 어이가 없다는 듯 말했다.

"휴가 갔다 온 사이에 일 터트리고 있다고 하더니 이 정도일 줄은."

사건 초기에 손채림은 휴가 중이었다.

그래서 그녀가 왔을 때는 이미 사건이 어느 정도 진행된 상황이어서 딱히 할 게 없었다.

　오늘도 상황 확인차 여기에 온 것이고.

　노형진이 고용한 사람들이 입구에서 그들을 감시하고 있기 때문에, 그들은 나오는 순간 체포를 면할 수가 없었다.

　바로 경찰에 신고가 들어갈 테니까.

　"배 안 고플까?"

　"뭐, 먹고살 만하겠지."

　사실 저들은 제대로 밥도 못 먹고 있었다.

　원래 안에 있던 식량은 다 먹은 지 오래다.

　그들은 음식을 시키려고 했지만, 노형진이 배달하러 온 사람들에게 배달하는 경우 범인은닉의 종범이 될 수 있다는 경고를 해서 배달을 포기시켰다.

　그래서 그들은 가족들이 가져다주는 걸로 먹고살고 있었다.

　일단 가족들은 이런 경우 처벌이 안 되니까.

　"그런데 진짜 궁금한 건데."

　"응?"

　"들어가는 게 있으면 나오는 것도 있는 거 아니야?"

　그릇을 툭툭 치면서 질문하는 손채림.

　"안 나오잖아."

　"한 달짜리 변비면 이미 죽었지 싶은데?"

　"아…… 그쪽 이야기?"

　그러고 보니 그렇다.

대부분의 변기는 수세식이다.

물이 안 나오면 그걸 처리할 방법도 없다.

당연히 냄새가······.

"어쩐지 냄새가 더 쿠리쿠리하게 변하는 것 같은데."

노형진은 키득거리면서 냉면을 쭈욱 빨아들였다.

"아이고, 시원하다."

"그러고 보니 전에 이런 일이 있었지."

"어떤 일요?"

"지금이랑 비슷했네."

인권 운동가 한 명이 빨갱이라는 죄목을 뒤집어쓰고 모 성당으로 대피했다.

경찰이 그를 체포하려고 했지만, 지금처럼 인권 운동가들이 그들을 보호하려고 했다.

"그 당시에 정부가 수도와 전기를 끊었지."

"헐."

"그때 내 기억이 맞는다면, 1년 3개월을 버텼네."

"대단하시네요."

"그나마도 그 체포 대상이었던 사람이 동지들이 고통받는 걸 더는 못 보겠다고 자수해서 끝난 거지, 그게 아니었으면 3년을 넘겼을 거야."

"그래서 어떻게 되었나요?"

"재판 중에 대통령이 바뀌었지."

노형진이 씩 웃었다.

그랬다면 아마 무죄로 풀려났을 것이다.

"1년 3개월이라. 뭐, 한 달밖에 안 지났으니 저쪽은 버틸 만하겠네요. 여름이라는 게 문제이기는 하지만."

노형진이 빙긋 웃는 그때, 안쪽에서 비명이 들려왔다.

"끄아아악!"

"사…… 살려 줘!"

갑자기 건물 바깥으로 튀어나오는 사람들.

기다리고 있던 경찰들은 그들을 서둘러 체포했다.

제대로 먹지 못해서 피골이 상접해 있던 그들이었기에 저항은 딱히 없었다.

하지만 문제는 그게 아니었다.

"죽여 버릴 거야!"

"죽어!"

"으아아!"

교회 안에서 칼을 휘두르는 남자들.

그들은 가해자였다.

그들은 눈이 돌아가서 사방에 칼을 휘두르고 있었고, 벌써 여섯 명이 칼에 찔린 채로 바닥을 나뒹굴고 있었다.

"살려 줘!"

경찰들은 그걸 보고 재빠르게 총을 꺼내 들었다.

아무리 종교와 정치가 분리되어 진입하지 말라고 했다고

하지만, 안에서 살인범이 사람 죽이는 것을 구경만 할 수는 없었다.

"손 들어! 무기 버려!"

"죽여 버릴 거야!"

하지만 눈이 돌아간 네 사람은 소리를 지르며 경찰에게 달려들었다.

탕!

날카로운 총소리가 들리고, 범인 중 한 명이 바닥을 나뒹굴었다.

그러고 나서야 다른 범인들은 정신이 든 듯 우뚝 멈췄다.

"손 들어! 움직이면 쏜다!"

멈춘 그들은 결국 들고 있던 무기를 내려놓았고, 경찰들은 능숙하게 수갑을 꺼내 그들에게 채웠다.

"헐."

"이게 무슨……."

갑작스러운 상황에 놀라서 얼어붙은 사람들.

노형진은 그쪽을 힐끔 보더니 중얼거렸다.

"결국 터지네요."

"결국? 자네는 알고 있었단 말인가?"

"네. 그래도 좀 더 걸릴 거라 생각했는데, 어지간히 인내심이 없군요."

"그게 무슨 소리야?"

"뭐, 간단해."

이곳에 숨어 있는 가해자들은 무슬림이다.

그런데 지금까지 들어간 음식들은 할랄 푸드가 아니다.

교회 사람들의 가족들이야 자기 가족을 먹이는 데에나 신경 쓰지, 가해자들을 먹이기 위해 할랄 전문점까지 가서 할랄 푸드를 사 갈 이유가 없으니까.

"결과적으로 저들은 먹을 수 있는 게 한정될 수밖에 없어."

기껏해야 흰밥과 풀 정도.

그렇게 몇 달이 지냈다.

거기에다 마지막 한 달은, 전기도 수도도 다 끊겨 버렸다.

그들 입장에서는 극도의 고통이었을 것이다.

수도도 전기도 안 되는 곳은, 감옥과 비교해 보면 도리어 감옥보다 더 나쁘다.

최소한 그곳은 먹기 좋은 음식이 나오니까.

"그러니 저들이 터질 수밖에 없지."

자기 성욕을 주체하지 못해 범죄를 저지른 자들이다.

"그들이 인내심이 있다고 볼 수는 없죠."

"허."

결국 그들은 자기 성질을 이기지 못하고 폭발하고 만 것이다.

그리고 그 대상은 가장 가까이에 있던 인권 운동가들.

"하지만 너무 뜬금없는데?"

아무리 못 버티겠다고 해도 기껏해야 항복하고 뛰쳐나오

는 정도가 정상이지, 갑자기 칼을 들고 사람을 찌르는 것은 정상이 아니다.

더군다나 경찰의 질문에 너무 쉽게 대답하면서 여죄를 모조리 토해 내고 있다.

심지어 인권 운동가들의 비밀까지도 말이다.

"아, 그거?"

노형진은 씩 웃었다.

"그 기간 동안 그 공간을 자유롭게 다닌 사람이 누구인지 생각해 봐."

"가족들 말고는 없잖아?"

"가족들 말고 한 명 더 있어."

"아니, 배달부가 음식 배달을 한 것도 아닌데 거길 갈 사람이 누가 있어?"

손채림은 고개를 갸웃했지만 한 명은 바로 알아들었다.

"우편배달부군."

그는 돈과 상관없이 우편을 배달해 준다.

그리고 그 우편은 자신들이 막지 않았다.

막을 권한도 없고.

"그러고 보니……."

얼마 전에, 협박하던 다른 불법체류자들의 형이 확정되었다.

징역 7년.

다른 여죄들과 함께 나온 형량.

그 소식에 그들은 뛸 듯이 기뻐했다.

"맞습니다, 후후후."

노형진은 씩 웃었다.

"감옥에서도 우편은 보낼 수 있지요."

물론 내용은 검열하지만, 자수를 권하는 우편을 막지는 않았을 것이다.

"그래서 그렇게 흥분한 거군."

그들은 인권 운동가들을 희생양 삼아서 자기들의 형량을 늘리려고 한 것이다.

"과연 인권 운동가들께서 자기들 목숨이 날아갈 뻔한 상황에서 무슨 말을 할지 기대가 되네요, 후후후."

노형진은 그렇게 말하면서 남은 냉면을 쭈욱 빨아들였다.

⚖

"인권 변호사들이 변호를 거부했다고 하더군. 국선변호인이 선임될 예정일세."

"불쌍하니까 봐줘야 한다면서요? 뭐, 자기가 피해자가 되어 보니 생각이 달라졌나 보군요."

노형진은 그들을 비웃었다.

그렇게 피해자는 상관없다고 주장하면서 그들은 착하다고 외치더니, 자기들 목이 날아갈 뻔하니 즉각적으로 생각이 바뀐 모양이었다.

"그것도 있겠지만, 가해자들이 배신한 것도 큰 문제지."

그들은 단순히 숨어 있는 게 아니었다.

노형진 때문에 포위되어 있었다.

"그곳에서 주워들은 게 한두 가지가 아닐 테니까."

노형진은 가해자들에게 다가가서 똑같은 조건을 내밀었다.

돌아가면 죽는다.

하지만 죄를 모두 인정하면 형량이 늘어난다.

그러면 최소한 죽지 않는다.

그러자 그들은, 자기들뿐만 아니라 자칭 인권 운동가들의 죄도 모조리 말했다.

"배은망덕하다고, 부들부들 떤다더군."

"배은망덕요?"

노형진은 코웃음을 쳤다.

"정작 국민들을 배신한 건 자기들이면서 배은망덕이라니. 국민들을 먼저 배은망덕하게 배신한 게 누군데요?"

저절로 비웃음이 터져 나왔다.

"그들은 법 이전에 일단 상식부터 배워야겠네요."

돈을 쓰자

　노형진은 미국에서 상당한 돈을 벌었다.

　한 번은 투자사를 상대로, 한 번은 거대 기업가를 상대로,
또 한 번은 유명 로비스트를 상대로.

　그렇게 세 번이나 미국의 정재계를 흔들었고, 그로 인해
벌어들인 돈은 예상을 훌쩍 넘어 버렸다.

　"이 정도면 중동의 석유 재벌들과도 한번 해볼 만합니다."

　로버트는 잔뜩 흥분한 얼굴로 말했다.

　그동안 노형진이 수많은 성공을 한 것은 알고 있었지만 이
정도일 줄은 몰랐던 것.

　"뭐, 운이 좋았지요."

　"단순히 운이라고 할 수는 없지요."

묻혀 있던 사건을 노형진이 건드리면서 외부에 드러난 것이다.

스스로 개척한 것이지 운으로 딴 게 아니다.

"적지 않은 돈입니다만, 이걸 어떻게 할까요? 투자를 할 만한 곳을 찾아볼까요?"

노형진은 턱을 문질렀다.

'투자? 하지만 애매한데.'

노형진이 투자를 하는 데에 있어서 유리한 점은, 그가 어떤 기업이 성공하는지 알고 있다는 것이다.

하지만 그 기업이 성공한다고 해도 그 기업에 무한대로 투자할 수는 없다.

경영권 방어 문제도 있다 보니 무한대로 투자받는 곳은 없다.

'거기에다 과한 건 부족한 것만 못하니까.'

인간은 돈이 넉넉해지면 딴생각을 하게 된다.

돈이 많아지면 본업보다는 거들먹거리는 인간들도 있고, 그래서는 성공할 수 있는 것도 망하게 된다.

'문제는 내가 현재 아는 곳은 대부분 어느 정도 투자가 들어갔다는 거야.'

그들이 투자를 늘린다고 해도 투자하는 것은 결코 좋은 선택이 아니다.

'비트코인은 아직 멀었고.'

거기에다 얼마 전에 금을 팔아서 생긴 수익까지 생각하면,

투자금보다는 아마도 현금이 더 많을 가능성이 높다.

"무조건 쥐고 있는 것도 안 좋은데."

돈이라는 것은 혈액과 같다.

흐르지 않으면 썩는다.

애초에 돈을 쥐고 있으면 그 금액은 유지되지만, 물가 자체가 올라가면서 그 현실적 가치가 떨어질 수밖에 없는 구조다.

"투자처로 괜찮은 곳이 있나요?"

"리조트는 어떠신지요?"

"그건 아닙니다."

얼마 후 전 세계는 급속도로 경제가 흔들린다.

당연히 그때 리조트 같은 곳은 왕창 날아간다.

'차라리 그런 곳은 흔들릴 때 사는 게 맞는 것 같고.'

"이곳저곳 투자를 요청하는 곳은 많습니다만, 미스터 노가 말씀하신 곳은 다 투자했습니다. 그 외에 다른 곳들은 검증되지 않았거나 검증 중이고요."

"흠……."

"전에도 말했지만 미스터 노도 돈을 쓰셔야 합니다."

"돈을 써야 한다고요?"

"그렇습니다. 아시지 않습니까? 돈을 써야 돈이 돕니다."

"하지만 지금도 적지 않게 쓰고 있는 것 같은데요."

로버트가 한숨을 푹 쉬었다.

"미스터 노가 지금 쓰는 돈은 터무니없이 작습니다. 지금까지 산 것 중에서 제일 비싼 게 뭔지 아십니까? 투자 목적을 제외하고 말입니다."

"그러니까…… 집이랑 차군요."

현재 서울에 있는 48평형 아파트 한 채.

그리고 사건 하나 해결하면서 겸사겸사 구입한 슈퍼카 하나.

"그러니까 그게 문제입니다."

"그게 문제라……."

노형진은 설마 그게 문제가 될 거라는 생각은 못 해서 머리를 긁적거렸다.

"최대한 절세를 하고 있기는 하지만, 그건 어디까지나 최대한입니다. 미스터 노가 돈을 안 쓰니 경비 처리하는 데에 한계가 있을 수밖에 없습니다."

"하지만 경비 처리로 하는 게 몇 개 있지 않습니까?"

사건을 해결하면서 누군가에게 도움을 주는 곳은 자선사업으로 등록해서 경비 처리한다.

"그게 문제입니다. 그것 말고는 미스터 노가 쓰는 돈이 없습니다. 사실대로 말씀드리면, 미스터 노가 한 달에 쓰는 돈이 개인적으로 1천만 원도 안 됩니다."

"그거야 당연한 건데……."

딱히 비싼 걸 먹는 것도, 사치를 하는 것도 아니다.

한 끼에 수십만 원짜리 밥을 먹을 이유도 없고, 그런 걸 즐기지도 않는다.

운전을 하기는 하지만, 보통 손채림에게 맡기는 편이다.

그녀가 자신보다 운전을 더 잘하니까.

"그러니까 문제입니다. 다른 사람은 미스터 노의 수입의 10%만 되어도 슈퍼카 전시장을 만들어 놓고 살고 있습니다."

"제 취향은 아니라서요."

"취향의 문제가 아니라 절세의 문제입니다."

"끄응……."

경비 처리의 개념은 간단하다.

사회에 합당하게 돈이 흐르게 해 준다면 거기에 대한 세금을 감면해 준다는 개념.

"그런데 너무 안 쓰시지 않습니까? 전에도 말했지만, 미스터 노는 이제 어마어마한 부자입니다. 그에 맞는 삶을 사셔야 합니다."

"그러면 투자처를……."

"투자가 아니라 소비를 하셔야 합니다."

로버트는 아예 작심한 듯 강하게 말했다.

그리고 그런 그의 말이 틀린 말이 아니기에 노형진도 입맛을 다셨다.

'돈을 쥐고 있기만 하면 의미가 없지.'

돈맥경화라는 말이 있다.

동맥경화라는 말을 바꾼 건데, 돈이 흐르지 않아서 주변이 제대로 성장하지 못하는 걸 뜻한다.

한 기업이 100억을 벌면 뭐 하나, 그 돈을 주변에 뿌려야 그 지역이 성장하는데.

"그런데 미스터 노는 나름 쓴다고 쓰지만, 결국 그 돈을 쥐고 있는 셈입니다."

"돈을 쥐고 있다……."

"한국에서는 낙수 효과를 주장합니다만."

"그거 개소리이지 않습니까?"

낙수 효과는 경제에서 나오는 이론이다.

위쪽에서 돈을 많이 벌어서 쓰면 그 지역 경제가 발전한다는 이론.

"인간의 욕심을 완전히 무시한 이론이라서 경제학자들은 개소리 취급할 텐데요?"

인간은 100억, 1천억을 쌓아 둘지언정 남에게 나눠 주지는 않는다.

본인이 쓰기는 하지만, 사람들이 생각하는 그런 낙수 효과는 발생하지 않는다.

도리어 외국으로 나가는 돈이 대부분이다.

"만약 그 대상이 돈을 쓴다면 제법 훌륭한 이론이었을 겁니다. 다만 여기서는 한 가지가 문제죠."

"뭔데요?"

"미스터 노가 돈을 안 쓴다는 거죠."

"끄응……."

"전에 미스터 노가 돈을 쥐고 있는 재벌을 욕하신 적이 있지요? 지금 미스터 노의 상황이 그렇습니다. 돈은 어마어마하게 쥐고 있고 들어올 돈은 많은데, 쥐고 있는 돈을 안 풀고 있습니다."

"으음……."

"장기적으로 본다면 그다지 좋은 선택은 아닙니다, 미스터 노."

로버트가 이렇게까지 말할 정도면 확실히 심각한 문제이기는 한 듯하다.

"자선사업을 할까요?"

"그것도 좋은 방법입니다. 자선단체들과 척지지 않았다면요."

"하하하……."

얼마 전 있었던 사건이 생각났다.

노형진 때문에 자선단체들이 어마어마한 피해를 입었다.

물론 그들이 근본적인 문제 해결을 하지 않으려고 한 게 가장 큰 문제이지만.

어찌 되었건, 그 사건으로 자선단체들이 마이스터와 미다스를 좋게 안 보는 것은 사실이다.

"설사 주신다고 해도 미스터 노가 감사권을 요구하실 게 뻔하지 않습니까?"

"으음……."

당연히 요구할 테고, 그들은 당연히 안 줄 것이다.

"애매하네."

"투자가 아닌 소비를 하셔야 합니다. 이제 사는 방식을 바꿔야 합니다."

"투자가 아닌 소비라……."

"가진 돈에 따라 사는 방식이 달라져야 합니다. 부자들이 돈을 쓰는 건, 그 돈이 다시 돈을 벌어 올 거라는 걸 몰라서 그러는 게 아닙니다."

"거참…… 부자들의 세계는 묘하네."

"미스터 노가 그런 소리를 하면 안 되죠."

노형진은 피식 웃으면서 고개를 끄덕거렸다.

"그러면 다음번에 뵙지요. 계속 말씀드립니다만, 돈을 쓰는 법을 찾으셔야 합니다."

"흠……."

로버트가 인사를 하고 돌아간 후 노형진은 침대에 벌러덩 드러누웠다.

"돈이라……."

사실 노형진은 돈에 대해 심각하게 고민해 본 적이 없다.

물론 아예 없는 것은 아니다.

하지만 그 고민의 주요 내용은, 어떻게 돈을 더 벌어서 누구의 위협도 받지 않고 법률적인 안정을 찾을 수 있는가였다.

즉, 법조인으로서의 입장이 언제나 우선되었다는 것이다.

"하지만 그 비율을 바꿔야 한다는 건가?"

물론 돈이 많으니까 변호사를 때려치우거나, 돈의 가치를 앞에 둘 필요는 없을 것이다.

하지만 분명히 돈의 사용처라는 것을 확실하게 못 박아 버리는 것도 필요하다.

"확실히…… 뭔가 애매하네."

그가 지금까지 쓴 돈은 대부분 투자나 적을 밟아 버리거나 하는 용도였고, 그나마 개인적으로 쓴 게 나쁜 놈을 처벌할 때 쓰는 정도였다.

"정작 나 개인에게 쓴 적이 없단 말이지."

그래, 개인으로서 쓰는 건 좋다.

그런데 과연 어디다 써야 하나?

"이건 뭐 떡도 먹어 본 놈이 먹는다고, 알아야 뭘 하든지 하지."

머리를 북북 긁던 노형진은 결국 이에 대해 잘 아는 사람을 부르기로 했다.

때마침 그 사람이 바로 옆방에 있으니까.

⚖

"뭐? 돈 쓰는 법?"

"어."

"아니, 알려 달라는 게 고작 그거야?"

"나는 절실하다. 지금 세금 폭탄 맞게 생겼다."

"아니, 그야 그렇겠지만."

손채림은 어이가 없었다.

뭔가 심각하게 고민하면서 부르더니 고작 말하는 게 돈 쓰는 법을 알려 달라니.

"아니, 기껏 미국에 와서 돈 쓰는 법을 묻다니. 어이가 없다."

"그래도 내 주변에서 부자로 살아온 사람은 너밖에 없어."

"너랑 규모부터가 다르거든!"

"그런가?"

"넌 한 달에 얼마나 써 보고 싶은데?"

"글쎄. 한 달에…… 한 1억?"

손채림은 바보를 바라보듯이 노형진을 바라보았다.

그리고 한숨을 쉬었다.

"너 담당자는 뭐라고 했어?"

"1억씩은 쓰라더라."

"한 달에?"

"아니…… 하루에…….."

노형진은 기어들어 가는 목소리로 말했다.

그답지 않은 모습이었다.

'하지만 무슨 수로 1억을 하루에 써?'

문제는 그것도 최소치라는 거다.

세금은 몇천억인데, 하루에 1억씩 써 봐야 365억이다.

"별 미친 고민을 다 한다."

"나도 이럴 줄은 몰랐다. 이번에 수익이 너무 많이 났어."

주식 장사라는 게 그렇다.

투자한 것에 비해 수익은 몇 배나 난다.

거기에다 그 돈은 되찾는 돈이지 날리는 돈이 아니다.

공장을 만들거나 하지도 않으니, 필요 경비가 거의 들어가지 않는다.

"끄응…… 하긴, 우리 의뢰인들도 세금이라면 벌벌 떨지."

"난 그다지 안 떠는데."

"네가 이상한 거야."

손채림은 그렇게 말하면서 일어나서 방을 왔다 갔다 했다.

"일단 하나씩 말해 봐."

"뭘?"

"네가 하고 싶은 것."

"일단 투자?"

"기각!"

애초에 돈을 쓰라는 게, 돈을 더 벌라는 게 아니다.

말 그대로 소비를 해야 한다는 것이다.

그런데 또 벌 생각부터 하다니.

"그러면 자선사업?"

"네가 전 세계를 다 먹여 살리려고?"

물론 노형진도 자선사업을 나쁘게 생각하지는 않는다.

하지만 노형진이 추구하는 자선사업은 물고기를 잡는 방법을 알려 주는 것이지, 물고기를 잡아서 입에다가 넣어 주는 것이 아니다.

"땅이나 건물?"

"그거 투자랑 똑같은 거거든?"

"그럼 뭐 쓸 게 있나?"

술을 먹자니 술은 못 먹고, 미각은 둔해서 최고급 미슐랭 맛집보다는 라면이 더 맛있다고 생각한다.

그림이나 예술품은 조예가 없어서 이게 무슨 의미인가 고민도 안 하고, 명품은 실용적인 선에서 사는 수준이다.

"아……."

손채림은 이것저것 따지다가 머리를 부여잡았다.

"이건 뭐 돈을 쓰는 방법을 알려 달라고 해도 네가 가진 규모가 감이 잡혀야지."

벌써 수십조는 훌쩍 넘어 버린 돈을 뭔 수로 쓰란 말인가?

"너는 내가 아니라 저기 아랍이나 그쪽에 가서 왕족들을 붙잡고 물어봐야 해."

"물어볼 수나 있겠냐?"

그 순간 미다스의 신분이 전 세계에 알려지게 된다.

그러면 그의 법률 라이프는 끝장이다.

"평생을 변호사로만 살던 놈이 그런 걱정을 하니 기가 다 막히네."

"나도 그렇다."

그러면서 노형진은 왠지 기분이 묘했다.

회귀 전에도 지금도, 오로지 법률만 생각하고 해결책만 생각하면서 살아왔다.

이런 고민은 상상조차 해 본 적이 없다.

─삶의 방식이 바뀌어야 한다.

로버트의 진중한 말.

하지만 노형진은 머리를 흔들었다.

다른 건 몰라도 방식을 바꿀 생각은 없었다.

"일단 전세기부터 하나 사고, 아니면 요트나……."

"뭐 하러? 내가 그걸 맨날 타고 다니는 것도 아니고."

"그러니까 네가 돈을 못 쓰는 거야. 그런 건 허세라고! 가오! 폼!"

"내가 그런 거 싫어하잖아?"

"그러니까! 돈을 어디다 써!"

극단적으로 실용적인 노형진의 성격.

그게 돈을 안 쓰는, 아니 못 쓰는 가장 큰 이유다.

"일단 집부터 꾸며. 침대랑 텔레비전, 컴퓨터, 세탁기, 에어컨, 청소기!"

"다 있잖아."

"다 있지! 그리고 그게 끝이잖아!"

"멀쩡한 걸 왜 바꿔?"

"아, 진짜! 신이시여! 얘, 진짜 부자 맞아요?"

손채림은 허공을 보며 절규했다.

물론 이해는 간다.

어차피 노형진이 집에서 하는 건 딱 잠자는 것뿐이다.

아침도 출근해서 먹고, 저녁도 먹고 퇴근한다.

야근은 흔한 일이고, 종종 철야도 한다.

"이 일중독자 같으니."

"그건 인정."

노형진은 입맛을 다셨다.

자신이 봐도 자신은 일중독이다.

'그게 자의든 타의든 말이지.'

물론 노형진도 쉬어 보려고 하기는 했다.

그런데 이상하게 휴가를 내기만 하면 일이 터진다.

그렇다 보니 아예 포기해 버렸다.

딱히 스스로 지친다는 느낌도 들지 않았고 말이다.

'이상해…….'

보통은 이 정도 정신없이 일하면 지치는 것이 정상인데 말이다.

"좋아. 그거 빼고…… 다른 거 쓸 만한 거."

손채림은 머리를 부여잡았다.

하지만 그녀가 알던 아버지의 삶을 되돌아보면…….

'둘 다 똑같은 인간이네, 젠장.'

손채림의 아버지도 그랬다.

극도로 실용적이고, 사치는 하지 않았다.

그와 노형진이 다른 건 성향일 뿐, 소비에 관해서는 똑같은 인간들이었다.

자신도 나름 누리고 살았지만 그것도 어느 정도이고.

'운전기사를 둘 수도 없고.'

일을 하다 보면 차량에서 기밀 이야기를 많이 한다.

그러니 운전기사를 둘 수도 없다.

"집을 사서 확 뿌려 버려?"

"가장 멍청한 짓인 거 알지?"

돈이야 쓸 수 있겠지만, 자신의 노력 없이 주워 얻은 돈은 지키지 못한다.

"나는 어차피 쓸 돈이라면 효율적으로 쓰고 싶은 것뿐이야."

"효율적이라……."

"투자가 아니라, 추후에 어떤 형태로든 나나 내 주변에 좋은 영향을 줄 수 있도록 말이야."

"그러면…….."

노형진의 말에 손채림은 고개를 끄덕거렸다.

"가장 좋은 방법은."

결국 손채림이 고민을 하다가 입을 열었다.

"인맥이야."

"인맥?"

"그래."

"나름 인맥 있는데."

노형진이 가진 인맥은 절대 약한 게 아니다.

설사 아는 사이가 아니라고 할지라도 '미다스'라는 이름 하나로 하이패스나 다름없는 효과를 누릴 수 있다.

"아니, 내가 말하는 인맥은 그런 인맥이 아니야. 내가 말하는 인맥은 셀럽이야."

"셀럽?"

"그래. 이번에 네가 미국에서 파티광 행사하는 거 보면서 느낀 건데."

"그런데?"

"파티광이 그냥 파티광이 아니더라고."

"응?"

"내가 받은 명함이 몇 개인지 알아?"

"뭐, 예상은 간다."

어찌 되었건 손채림이 상당한 미모를 자랑하는 것은 사실이다.

그러니 발정 난 파티광들이 눈이 돌아갈 만했을 테고.

"그런데?"

"네가 말하는 인맥은 그 애들 아버지대 아니야?"

"그건 그렇지."

"그 말은, 그 애들이 언젠가 기업을 물려받는다는 거잖아?"

"아……."

"그런데 너는 그쪽에 대해 전혀 모르잖아?"

"그건 그러네."

어린애들이니까 그다지 신경 쓰지 않았다.

"아니, 한국 속담에 이런 말이 있잖아. 부자도 삼대를 못 간다. 그 이유는 네가 설명해 준 적 있잖아?"

1대는 자기가 부를 일으켜 세우고, 2대는 그걸 보고 배운다.

하지만 3대는 아무것도 아니다.

당연히 주어진 것들을 누리고 쓸 줄만 알고, 쾌락에 빠지는 경우가 많다.

그리고 그건…….

"요즘은 셀럽들이 많지."

가난한 집에서는 꿈도 꾸지 못할 일이지만, 셀럽들은 집안에 자산이 있으니 그렇게 누리고 사는 게 가능하다.

"그리고 미국에서 뉴스를 보면 그 셀럽이라는 놈들이 사고도 많이 치더라."

"무슨 뜻인지 알겠군."

제대로 훈련을 받은 사람도 아니고, 그런 식으로 살던 놈들이 기업을 인수받는다고 해서 제대로 키울 수 있을 리 없다.

아마도 대부분의 부모들은 전문 경영인으로 자리를 채울

것이다.

자식은 그저 대주주로 남을 테고.

"무슨 소리인지 알겠다."

전문 경영인과 대주주 사이에서 트러블이 없을 수 없고, 그들의 소송은 작은 게 아니다.

지금은 그들에게 전문 지원 변호사가 없지만, 먼 훗날에는 그들에게 붙으려고 하는 로펌이 한두 곳이 아닐 것이다.

"그래, 어차피 써야 하고 효율적으로 쓰겠다면, 차라리 미래를 위해 보이지 않는 투자를 해."

"보이지 않는 투자라……."

노형진은 턱을 문지르면서 고민했다.

확실히 손채림의 말이 맞기는 했다.

'내가 미래의 모든 것을 다 아는 건 아니야.'

거기에다 자신이 죽는 그 순간을 넘어가게 되면 아는 게 완전히 없어진다.

즉, 다른 투자자들과 하등 다를 바 없는 상황이 된다는 뜻이다.

'아니지. 도리어 더 불리하다고 볼 수도 있겠군.'

다른 투자자들과 다르게 흐름을 보는 훈련이 안 되어 있으니까.

'하지만 미래의 후계자들과 친해진다면…….'

대화를 하면서 정보를 캐낼 수 있다.

자신에게는 사이코메트리가 있으니까.

"좋은 생각인데?"

노형진은 씨익 웃었다.

"내가 네놈의 시커먼 속을 모르겠냐, 헹."

손채림은 마치 다 안다는 듯 말했다.

"좋아, 그러면 이제 뭐부터 해야 하지? 파티 장소를 구해야 하나?"

"그건 의미 없지. 그런 짓 하는 애들이 한둘이야?"

"뭐?"

"내가 이런 정보를 어디서 얻었는데."

노형진은 사건 당시에 혼란을 주기 위해 파티를 열었지만, 의외로 그런 파티를 주선하는 사람들은 많았다.

그래서 그 셀럽이라고 주장하는 파티광이나 후계자 들이 자기 돈 안 내고 다니면서 파티를 즐길 수 있는 거고.

"그런 파티 장소에서 인맥을 만들려고 파티 주선을 많이 해."

"확실히…… 한국하고 다르네."

미국에서 살았다지만 노형진은 이런 파티에 대해서는 잘 모른다.

하지만 손채림은 눈치 빠르게 알아차린 것이다.

"하지만 넌 그것과 다른 급을 자랑해야 해."

"다른 급이라……."

노형진은 머리를 긁적거렸다.

"그런 게 뭐가 있는데?"

"뭐긴."

손채림은 노형진의 손을 꽉 잡았다.

"요트!"

"요트?"

"그래! 전 세계를 돌아다니면서 파티를 하는 거야! 그 누구냐, 유명한 배우가 가지고 있는 요트 끝내주더라! 그걸 타고 세계 일주 하면서 초대해서 파티를 하는 거야!"

"뭐…… 좋은 생각이기는 한데."

손채림이 말하는 사람이 누군지 알 것 같다.

하지만 그 계획에는 심각한 문제가 있다.

"클래스는 다른데, 딱히 크게 다른 것도 아니네."

"뭐?"

"그 요트가 있다는 것 자체가, 누가 하고 있다는 소리잖아. 설마 그 배우가 혼자서 그 요트 타고 다니는 건 아니잖아?"

"아……."

"그리고 너무 느려. 아무리 셀럽이니 뭐니 해도, 결국 후계자들이야. 아무리 시간이 넘친다고 해도 그 정도로 넘치는 않을걸."

"아쉽네."

아쉬움에 입맛을 쩝쩝 다시는 손채림.

하지만 노형진은 그런 손채림에게서 아주 좋은 아이디어

를 얻었다.

"하지만 아이디어 자체는 좋아. 아직은 점유되지 않은 후
계자들을 대상으로 파티를 하면서 인맥을 만든다라……."

"하지만 결국 그 동네에서 하는 거잖아. 미국만 해도 더럽
게 넓어서 만날 일이 없는데."

"그게 중요해."

노형진이 눈을 반짝거렸다.

"세계는 더럽게 넓어서 만날 일이 없지. 하지만 만날 수
있게 해 준다면."

"응?"

"사교계 데뷔라는 말 알아?"

"알지. 내가 그 꼴을, 어휴……."

사교계 데뷔.

나라마다 표현이 다르기는 하지만, 쉽게 말해서 부자들끼
리 일종의 교류를 하는 것이다.

부자들은 그런 것을 중요시한다.

인맥을 만들고 정보를 캐기 위해 말이다.

그리고 그곳에서 자신에게 어울리는 짝을 찾기도 하고 말
이다.

시대가 바뀌어서 자유롭게 결혼하는 형태로 바뀌었다고
해도, 소위 사교계의 중요성이 사라진 것은 아니다.

심지어 영국은 클럽에 몇 개 가입해 있는 것이 아예 신사

의 기본으로 취급된다.

오죽하면 그런 클럽에 가입은 해야 하는데 그걸 싫어하는 사람들을 위해 '클럽에 가입하기 싫은 사람들을 위한 클럽'이라는 것도 존재한다.

클럽이기는 한데 서로가 절대 터치하지 않는 것이 가입 조건이다.

심지어 클럽 안에서 알은척도 불가능.

"유럽 같은 곳은 그런 사교계의 영향력이 엄청나. 유럽의 영향을 많이 받은 곳들도 그렇고. 미국 같은 데 말이야."

"그거랑 이거랑 무슨 관계인데?"

"간단해."

노형진은 웃으며 말했다.

"속도가 느리면, 빠르게 하면 되는 거야, 후후후후."

손채림은 이해가 되지 않아 그저 그를 물끄러미 바라보았다.

⚖️

로버트는 다음 날 다시 불려 왔다가 기가 막힌 소리를 들었다.

파티만을 위한 비행기라니.

문제는 그게 불가능한 건 아니라는 거다.

"무료 운항 예정이십니까?"

"네."

"아마 난리가 나겠군요. 돈 쓰시라고 제가 말했지만, 이런 건 전 꿈에도 생각 못 했습니다."

그는 머리를 절레절레 흔들었다.

사실 손채림의 생각은 반쯤은 말도 안 되는 망상이었지만 노형진은 그 말을 들으면서 그 가능성을 충분히 알아차렸다.

"만일 운영한다면 아마 전 세계의 파티의 장 같은 역할을 할 겁니다."

노형진의 말에 로버트가 말을 일부 고쳐 줬다.

"'겁니다.'가 아니라 그렇게 될 수밖에 없습니다."

파티를 위해 개조된 비행기.

그리고 거기에 탑승하는 수많은 재벌가들의 사람들.

"우리가 인맥을 노리는 것처럼, 그들도 인맥을 노리니까요."

더군다나 비행 허가만 난다면 미국의 재벌이 중국의 재벌을 만나거나 인도의 재벌을 만날 수도 있다.

아무리 한량이라고 해도 그들은 결국 사업가.

인맥이 가지는 힘을 모르지는 않을 것이다.

"전 세계를 돌면서 파티를 하는 비행기라…… 허, 참."

로버트는 자신도 생각지도 못한 어마어마한 스케일에 놀랐다.

그들로서는 움직이면서 파티를 즐기고, 거기서 일을 해도 되고 휴양을 즐겨도 된다.

"가능하겠습니까?"

"일단…… 불가능한 건 아닙니다."

"가격이 문제군요."

"그게 웃긴 겁니다만…… 가격이 그렇게 많이 들 것도 아닙니다."

"네?"

노형진은 깜짝 놀랐다.

그런 파티를 할 수 있는 비행기라고 생각하면 상당한 크기를 자랑할 수밖에 없다.

그런데 가격이 얼마 안 된다니?

"물론 가격 자체는 공식적으로는 비쌉니다."

여러 가지를 가정해 볼 때 가장 적당한 기체는 747이나 380이다.

747은 3천억, 380은 4천억 정도 된다.

"더럽게 비싸네. 이거 포기."

가격을 들은 손채림은 바로 손들어 버렸다.

정보로 얻을 수 있는 돈보다 들어가는 돈이 더 많다.

'그건 아닌데.'

하지만 노형진은 손채림과는 의견이 달랐다.

그들에게 섞여 들어가서 기억을 읽어 낼 수 있다면 그 정도 돈은 최소한 연 단위로 뽑아낼 수 있을 것이다.

하지만 차마 말할 수는 없었다.

다행히 로버트가 그런 노형진을 도와줬다.

"그건 공식 가격입니다."

"공식 가격?"

"네, 쉽게 말해서 '이렇게 비쌉니다'라고 자랑하는 거죠."

"그런데요?"

"사실 협상을 해 봐야 하지만, 40% 정도 싸게 살 수 있습니다. 사실 개발사의 사정도 좋지 않아서 다급하게 돈을 구한다는 소문도 있고요."

"아, 그래요?"

"뭐, 업계의 비밀이지요."

어깨를 으쓱한 그는 또 재미있는 소식을 전해 줬다.

"그리고 다행히 그쪽이 가진 매물도 있고요."

"매물요?"

"일본의 항공사가 계약을 했다가 파기했더군요. 경영 적자로 파산 위기에 몰려서 비행기값을 지불할 수가 없다고 합니다."

이 경우 항공사가 그 어마어마한 위약금을 물어야 하는데, 경영 적자로 파산 위기에 몰린 항공사에 그 정도 돈이 있을 리 없다.

"거기에다가 한 대도 아닌 여섯 대라더군요."

"허!"

"뭐, 그쪽 사정은 안타깝습니다. 다행히 파산을 막기 위해 여기저기 손쓴 모양인데……."

네 대는 일본 국적의 다른 항공사에서 구입해 주기로 했지만 아직 두 대가 남아 있다고 한다.

그래서 일본 항공사는 막대한 위약금을 날리게 생겼고, 제작사는 해당기의 제작비를 날리게 생겼다는 것이다.

"그 사이에 끼어들면 바로 가지고 올 수 있을 듯합니다."

"가격이 얼마인데요?"

"가격은 1,300억 원입니다. 양쪽 다 안 좋은 상황인 걸 이용해서 우리가 원가로 받아 온다고 보시면 됩니다. 원래 할인을 해도 4천억 이상 되는 기체라는 건 감안하셔야 합니다."

"미친 가격이네……."

"항공사가 벌어들이는 돈을 생각하면 그건 보통입니다. 개조까지 한다고 하면 1,400억 정도 됩니다. 그리고 이 정도면 경비 처리로 잡아서 세금을 제법 많이 털어 낼 수 있습니다."

"헐……."

"운영이나 정비는 전문 항공사에 맡기면 됩니다. 해 볼 만합니다."

로버트는 눈에서 불을 뿜어내고 있었다.

하긴, 지금까지 어떤 사람이 재벌들의 만남의 장을 만들겠다고 생각했겠는가?

하지만 이 비행기라면 가능하다.

말 그대로 날아다니는 궁전.

"말씀하신 대로 그곳에서 정보를 얻을 수만 있다면, 그 돈은 쉽게 뽑아낼 수 있을 겁니다. 대담한 방식이기는 하지만요."

미국은 투자라는 것을 꺼리지 않는다.

사람 하나를 얻기 위해 수백억짜리 기업을 사는 곳이 미국이니까.

물론 그만한 규모가 되는 기업이어야 가능하지만, 그들은 극단적 자본주의답게 하이 리스크 하이 리턴을 잘 알고 있다.

'그리고 나한테는 최고의 사냥터야.'

노형진은 손이 근질거렸다.

거기서 누군가의 기억을 읽어 내서 투자 정보를 빼내거나 기업 간의 거래 정보를 빼낸다면?

아마 미다스의 아성은 무너질 일이 없을 것이다.

'이게 바로 똑똑하게 돈 쓰는 법이지.'

노형진이 실실 웃자 손채림은 미심쩍은 얼굴이 되었다.

"진짜로 할 거야?"

"진짜로 할 건데."

"아니, 1,400억을 비행기 하나에 꼴아박겠다고?"

"네가 하자며."

"내가 생각한 건 요트지! 비행기같이 무식한 게 아니라……."

"도대체 어떻게 해야 비행기가 무식해지는데?"

어이가 없어 바라보는 노형진.

하긴, 틀린 말은 아니다.

누구도 생각해 보지 않았으니까 지금까지 없는 것이다.

생각 자체는 무식하다 못해 멍청한 짓이다.

아마 노형진도 사이코메트리가 없다면 그 계획은 꿈도 꾸지 않았으리라.

"하려면 확실하게 해야지. 남과 다른 클래스를 보여 주라며?"

"맞습니다. 380이라면 작지만 실내 수영장도 들어갈 수 있을지도 모릅니다. 그 전까지 가장 큰 비행기인 747보다 50% 정도 더 크니까요."

점점 커지는 스케일에 손채림은 질려 버렸다.

"아…… 가난한 소시민은 이제 빠지렵니다."

"가난은 무슨."

노형진은 피식 웃으면서 로버트를 바라보았다.

"로버트는 어떻게 생각하십니까?"

"일단 성공한다면 우리가 얻을 수 있는 정보의 가치는 무궁무진합니다. 전 세계의 사교 클럽이 우리를 중심으로 돌아가게 될 겁니다. 그 가치는 조 단위가 넘을 테고요. 실패한다고 해도, 연령이 얼마 되지 않은 비행기인 만큼 재판매를 해도 됩니다. 물론 운영비와 개조비가 손실로 남겠지만, 미스터 노의 자산이라면 충분히 커버하고도 남습니다."

그는 잔뜩 기대하고 있었다.

그럴 수밖에 없는 게, 그게 운항되면 자신 역시 탑승 권한을 가지게 될 테니까.

이것이 법이다

'그러면 내 손님들의 클래스가…….'

아마 거기에 태워 준다고 하면 누구든 자기 바지를 붙잡고 빌 것이다.

"꼭 성공해 보이겠습니다."

노형진은 씩 미소 지었다.

궁전 혹은 사냥터

　다행히 계획은 엄청나게 빠르게 진행되었다.

　파산 직전으로 몰린 일본 항공사는 계획보다 10% 싼 가격에 비행기를 넘겼고, 그걸 개조하는 것은 중동의 한 회사가 담당했다.

　그곳은 중동의 왕족들이 타는 비행기를 개조한 곳이기도 했다.

　"미친…… 중동 클래스."

　손채림이 그 소식을 듣고는 기가 막혀 했다.

　왕족들이 타고 다니는 비행기가 747이라는 소리를 들어서다.

　"그런 걸 전용기로 쓰는 사람들이 있기는 하네."

　"돈이 있으면 뭔들 못 하겠어?"

찬 기운에 부르르 떤 노형진은 공항 바깥을 바라보았다.

드디어 오늘 비행기가 도착한다.

김포공항은 애석하게도 자리가 없어서, 자리가 충분한 청주공항에 도착할 예정이었다.

비행기의 관리는 한국의 모 항공사가 하기로 했고 말이다.

"이거 진짜 잘될까? 아무래도 망할 것 같은데."

"걱정하지 말라니까."

노형진은 히죽 웃었다.

사람이 안 타면 모를까, 탄다면 그건 성공할 수밖에 없는 일이다.

"어, 저기 온다."

거대한 비행기.

아직은 아무런 색으로도 칠해지지 않은 무색의 비행기는 서늘한 밤의 공기를 가르면서 천천히 공항으로 들어왔다.

그리고 부드럽게 착륙하면서 그 거대한 덩치를 선보였다.

"멋지네, 진짜. 그런데 외장은 아무것도 없네? 글자 같은 거."

"아직 안 그려 넣었어."

"그래?"

천천히 미끄러지던 비행기가 마침내 멈추자 연결 통로를 타고 노형진은 안으로 들어갔다.

"우와……."

손채림은 비행기 내부로 들어서자마자 입을 쩍 벌렸다.

화려함의 극치라고 할 수 있는 기체 내부에는 바에서부터 댄스홀 겸 파티장까지, 없는 게 없었기 때문이다.

"화물실을 개조해서 작은 수영장도 하나 만들었습니다. 위층은 침실로 만들었고요."

로버트는 잔뜩 흥분해서 말했다.

"이곳은 말 그대로 날아다니는 궁전입니다."

각 나라마다 관광을 하고, 그 후에 이동하면서 파티를 즐기고, 다른 나라에서 또 관광 겸 파티를 하고.

"벌써 사람들 사이에 소문이 빠르게 퍼지고 있습니다."

"그래요?"

"네."

기업들의 세계에서는 정보가 곧 힘이다.

이런 비행기가 운항된다고 하자 여러 곳에서 탑승이 가능하냐고 질문이 날아오고 있다고 한다.

"전 세계에 이런 비행기는 하나뿐이니까요."

말 그대로 호사의 극치.

"이해가 안 간다."

손채림은 처음에는 그 화려함에 놀라서 입을 쩍 벌리고 있었지만, 나중에는 아예 질린 표정이 되어 버렸다.

"한 번에 최대 백스무 명이 탑승할 수 있습니다."

아마 그 숫자에서 승무원을 제외하고 나면 절반 정도밖에 되지 않을 것이다.

"고작 예순 명으로 수익이 날까?"

"돈은 안 받는다니까."

"농담이 아니라 진짜로?"

"진짜야. 이건 말 그대로 성공한 사람들의 존재 증명 같은 기체가 될 테니까."

이 기체를 탄다는 것.

그것은 전 세계적으로 성공을 인정받는다는 것이다.

"그러고 보니 여기에 상주하게 될 의사가 재미있는 이야기를 하더군요."

"재미있는 이야기요?"

노형진은 고개를 갸웃했다.

의사가 개그맨도 아닌데 재미있는 이야기라니?

"이 비행기에서 파티를 하면 아마 천상의 쾌락을 느끼게 될 거랍니다."

"네?"

"비행기는 기본적으로 하늘을 운행하는 거지요. 그런데 아무리 기압 조절 장치로 조절한다고 해도, 기압 차가 날 수밖에 없습니다."

그 미세한 차이가 몸에 상당한 영향을 줄 수밖에 없다.

인간의 몸은 생각보다 예민하니까.

"그래서 비행기 내에서 섹스나 향정신성의약품 같은 걸 하게 되면 부교감신경이 더 활성화돼서 쾌락의 정도가

20~30% 정도 강화된답니다."

"아…… 그래요?"

"그렇다고 하더군요."

그 말은, 여기서 뭘 하든 가장 화려한 밤이자 가장 쾌락적인 밤으로 기억에 남게 된다는 것이다.

그리고 그 기분은 이걸 한 번 더 타게 만들고 싶게 할 테고.

'멋진걸.'

과학적 이론은 모르겠지만 결과적으로 이건 상당히 중요한 미끼가 된다는 소리였다.

"향정신성의약품이면 마약이잖아? 그런데 그걸 비행기에 가지고 올 수 있어?"

"일단은 없지. 하지만 상대방이 누구인지 생각해 봐."

"아아……."

전 세계적으로 인정받는 집안의 자손들이다.

그들이 몰래 짐에 넣어 온다고 해도, 최소한 자기 나라에서는 뭐라고 할 수가 없다.

"당연히 우리는 반입하지 않을 거지만 자기들이 가지고 오는 건 못 막지."

일반적으로 전세기는 허술하게 검사하는 경향이 있으니까.

"마지막으로 외부 도장을 하게 되면 준비는 끝납니다. 시간으로 봐서는 아마 새해 첫날에 비행을 하시겠지요?"

노형진은 고개를 끄덕거렸다.

전 세계를 돌면서 스물네 시간 동안 계속해서 새해를 맞이한다는 계획.

"외장이라……."

"기체의 이름을 넣어야지요. 보통은 기체 번호를 부르지만, 이건 전 세계에 하나뿐인 비행기 아닙니까? 마치 에어포스 원처럼요."

더군다나 에어 포스 원은 두 개다.

"아스가르드."

"네?"

"신들의 전당인 아스가르드라고 부르겠습니다."

"좋은 이름입니다."

로버트는 미소를 지었다.

그리고 노형진은 화려한 내부를 보면서 다른 생각으로 잔뜩 기대하고 있었다.

'드디어 내 사냥터가 준비되었다.'

전 세계의 거대 기업들이나 유명 셀럽들은 하나같이 아스가르드에 탑승하고자 연락을 해 왔다.

하늘에서 벌어지는 스물네 시간의 파티.

말 그대로 신들의 전당에서 벌어지는 파티라 할 수 있지 않은가?

"으아…… 이런 사람들이 타겠다는 거야?"

손채림은 초대장을 발부하기 위해 신청서를 정리하면서 기겁을 했다.

초대형 기업 몇 곳에서 이 비행기를 빌리고자 했고, 사우디 왕가는 아예 일주일간 빌릴 수 있겠느냐고 물어 왔다.

"이게 그럴 만한 가치가 있는 거야?"

"가치라……. 가치는 인간들이 판단하는 거지. 가령 슈퍼카라고 해도, 한국에서 그 속도를 전부 낼 수 있을 것 같아?"

"그건 아니지."

사실 한국은 도로 정체의 특성상 슈퍼카가 자기 성능의 50%도 내지 못하는 것이 현실이다.

"그럼에도 불구하고 슈퍼카를 사는 사람들이 있지. 왜일까?"

"그 가치 때문이구나."

"맞아."

타고 움직이는 실용적인 면이 아닌, 그 차량이 가지고 있는 가치를 보는 것이다.

"이 아스가르드도 그런 거야. 그 존재 자체가 부자들의 가치를 증명하는 셈이지."

"하지만 아직 한 번도 비행을 하지 않았잖아. 그런데 무슨 가치가 있다는 거야?"

"비행을 안 했다 뿐이지 이미 가치는 만들어졌다고 보는 거야. 가치가 존재한다면 거기에 최초로 탑승하는 게 자신의 가치를 드높이는 의미지."

누구도 그 가치가 떨어질 거라 생각하지 않는다.

이 말은 이 비행이 실패할 가능성이 없다는 뜻이다.

"최초의 비행은 미국에서 유럽으로 가는 거야. 지금까지 사실상 구분되어 있던 두 세계의 명문가들이 섞인다는 의미지."

"으음……."

"그러니 그 파급력이 얼마나 될지, 그들은 아는 거야."

"부자들의 세계는 무섭다."

"원래 부자들의 세계가 그래."

단순히 누구 하나 만나는 것조차도 그들에게는 중요한 행사다.

그런 것을 계속 이어 왔기 때문에 그들은 그 재산과 명성을 지켜 온 것이다.

"그런 의미에서 대동을 한번 불러 볼까 해."

"뭐?"

손채림은 깜짝 놀랐다.

대동은 사실상 노형진과 싸우는 상태가 아닌가?

그런데 그들을 초대하겠다니?

"그들이 무슨 짓을 했는지 모르는 거야?"

"아니, 알아. 하지만 그렇다고 해서 배제할 수준은 아니야."

"이해가 안 가네."

"뭐, 간단하게 말하면 이런 거야. 친구는 가까이, 적은 더 가까이."

"으음……."

가까이 두면 근처에서 감시하기가 편해진다.

그 말은 그들이 무슨 짓을 할지 미리 알게 된다는 뜻이다.

'그리고 지금 내게 필요한 게 그거고.'

대동은 아직 노형진과 미다스가 동일인이라는 것을 모른다.

그러니 미다스가 참가를 허락했다고 하면 그만이다.

'내가 가서 만나 달라고 한다고 해서 만나 줄 것도 아니니까.'

그런 의미에서 그들의 기억을 제대로 읽을 수 있는 기회는 많지 않다.

"하지만 인맥이 중요한 싸움이라면서? 그런데 그들을 끼워 준다고?"

"걱정하지 마. 대룡도 끼워 줄 거야."

"아무리 그래도……."

"그리고 대동쯤 되면, 내가 나서지 않아도 인맥을 만들려고 하면 얼마든지 만들 수 있어."

다만 먼저 다른 그룹을 찾아가는 게 자존심이 상해서 그렇지.

"그러니 차라리 그들을 탑승시키고 그들의 행동을 살피는 게 훨씬 나은 선택이야."

"그러려나."

"걱정하지 마. 그들은 내 손바닥 안이니까, 후후후."

노형진은 과연 그들이 무슨 생각을 하고 있을지 상당히 궁금해졌다.

⚖️

아스가르드의 첫 비행.

12월 30일에 비행을 시작해서 1월 2일에 착륙한다.

세계 각국을 돌면서 파티를 즐기고 인맥을 쌓아 올리는, 부자들의 거대한 만남.

"의외네. 한국 언론이 이런 거 물고 빨고 할 줄 알았는데."

드레스를 입은 손채림은 창밖에 펼쳐진 밤하늘 가득한 별을 보면서 말했다.

"드레스 잘 어울리네."

"내가 한 몸매 한단 말씀, 후후훗."

"그래, 인정."

노형진은 미소를 지으며 말했다.

분위기를 띄우기 위해 고용된 많은 모델들이 탑승하고 있었지만 그들 사이에서도 손채림은 절대 꿀리지 않았다.

도리어 모델과는 다른 매력을 뽐내고 있었다.

"보라색이 사람을 무척 타는데 그걸 입다니, 한편으로는 '너도 참 간땡이가 부었구나.'라는 생각이…… 으아아아."

"하여간 좋게 칭찬을 못 해요."

손채림은 말을 하는 노형진의 볼을 쭈욱 당겼다.

"아흐다."

"아프라고 하는 거지. 그나저나 왜 언론은 조용한 거야?"

손채림은 고개를 갸웃하면서 물었다.

이런 거라면 언론이 좋아할 만한 기사인데 아무런 말도 없다니.

"언론 입장에서는 부자들을 건드리고 싶진 않거든."

"응?"

"부자들과 서민들의 괴리감이 커지면 그건 때로는 증오로 변질되기도 해. 그래서 공산혁명이 일어난 거고."

"으음……."

"너는 하루에 한 끼 먹기도 힘든데 누군가는 음식 대부분을 버린다고 생각해 봐. 무슨 생각이 들겠어?"

"그런가?"

"그래. 그래서 부자들의 사치는 외부에 드러나지 않게 하는 게 보통이야."

자기들끼리 뭉치게 되는 다른 이유이기도 하고 말이다.

"아스가르드는 사치의 극치야. 아마 분명 그 돈을 차라리 기부하라는 사람들도 있을걸."

"그건 그렇지."

"하지만 그 돈이 세상을 움직이게 한다는 것을 몰라."

"사는 방식이 다르니까."

"그래."

유명한 투자 전문가는 자선 행사로 자신과 밥을 먹는 것을 내건다.

일반인이 보기에는 그 밥 한 끼가 얼마나 하겠나 싶겠지만, 그 돈은 무려 수십억이 된다.

"일반인이 보기에는 미친 짓이지."

하지만 그와 함께 밥을 먹은 사람들은 나와서 새로운 투자를 하고 수백억의 이익을 챙긴다.

"그가 투자 정보를 주는 건 아니야. 아주 작은 투자 노하우를 알려 주는 것뿐이지."

하지만 그것이 수십억 가치를 가지는 것이다.

"이해가 안 간다."

"이룩한 자와 이어받은 자의 차이지."

"와, 팩트 폭력."

똑같은 말을 해 줘도, 이룩한 자는 알아듣지만 이어받은 자는 알아듣지 못하는 경우가 대부분.

그래서 그 점심 자선 행사도 대부분 이룩한 자나 가지, 이어받은 자는 관심을 가지지 않는다.

"자, 행사장으로 들어가자고."

노형진은 손채림에게 손을 내밀었다.

손채림은 그의 손을 잡고 아래층으로 내려갔다.

"멋지네."

기내를 가득 채운 사람들.

그들은 지구의 부를 움직이는 사람들이다.

겉으로는 서로 이런저런 이야기를 하면서 즐거운 미소를 보이고 있지만…….

'도대체 얼마나 많은 이야기가 왔다 갔다 하고 있을는지.'

노형진은 머리를 흔들었다.

"왜?"

"아니, 다음번에는 네가 아는 그 셀럽들 좀 끼워 넣어야겠다."

"응? 내가 아는?"

"명함 받은 거 있다면서?"

"그렇지. 그런데 그 애들은 여기에 낄 급이 안 될 텐데."

"그게 중요한 게 아닌 것 같은데? 분위기 봐라."

"아아, 무슨 뜻인지 알겠네."

하하 호호 웃기는 하지만 소리 없는 전쟁 같은 분위다.

좀 친해지면 괜찮을지 모르지만, 아직은 서로에 대한 탐색전이 이루어지고 있다.

'이런 식이면 곤란하지.'

하지만 그 파티광들이 끼면 그들이 알아서 분위기를 띄울 것이다.

"미국 가면 연락해 볼까? 자리 있잖아."

"아, 그것도 방법이네."

그쪽도 무슨 파티가 있겠지만, 아스가르드 파티라고 하면 다 때려치우고 날아올 것이다.

"아예 지금 연락해 봐, 여자애들로."

"아니, 또 왜 여자애들로 해?"

"보면 모르냐?"

"아아아."

사회적으로 성공한 사람들 중에는 남자들이 많다.

그렇다 보니 지금 기내는 소위 말하는 '남탕'이다.

물론 파티 분위기를 띄우기 위해 모델을 일부 고용하기는 했지만……

"기본적으로 그들의 업무는 서빙이야."

즉, 사람들과 어울리면서 분위기를 풀어 주는 일을 하지는 못한다는 것이다.

'해 본 사람도 드물 테고. 이럴 줄 알았으면 게이샤나 기생으로 할 걸 그랬나?'

그런 일은 그런 쪽 사람들이 더 익숙하니까.

게이샤를 한 번 부르는 데에 억 단위 나가는 데에는 다 이유가 있는 법이다.

"아무래도 젊은 여자가 끼면 남자들은 경계심을 풀기 마련이거든."

"남자가 끼면?"

"좀 경계를 하지. 그건 남자의 본능의 문제라 어쩔 수 없어."

노형진의 말에 손채림은 어깨를 으쓱했다.

여자가 적은 상태에서 남자가 많으면 서로 견제하는 분위기가 만들어지는 것은 사실이다.

아무리 비즈니스라고 해도 말이다.

"그러니까 지금 연락해 봐. 미국도 더럽게 넓은데 언제 올 줄 알고."

"하지만 지금 무슨 수로?"

"안쪽으로 들어가면 위성 전화가 있을 거야."

"아아, 위성 전화."

손채림은 고개를 끄덕거리더니 핸드폰을 들었다.

"그 번호 다 가지고 있는 거야?"

"인맥이 절반이라며?"

"하하하."

틀린 말은 아니기에 노형진은 웃었다.

손채림은 위성 전화가 있는 안쪽으로 들어갔다.

그 뒷모습을 지켜보던 노형진은 홀로 파티장에서 모여 있는 사람들에게 다가갔다.

"미스터 노, 반갑습니다."

"이런 파티에 초대해 주셔서 감사합니다, 미스터 노."

노형진이 다가오자 반갑게 인사를 하는 사람들.

공식적으로 노형진은 미다스의 한국 대리인으로서, 한국에서 출발하는 아스가르드의 관리를 담당하고 있다.

'사냥도 사냥이지만 인맥도 중요하지.'

그들과 인사를 하면서 최대한 집중하는 노형진.

아주 짧은 틈이었지만, 사람들에게서 들어오는 정보는 제법 많았다.

아무래도 서로 견제하면서 자신의 사업 내용에 대해 고민 중이어서 그런 모양이었다.

'오호라, 엔젝스를 인수하실 생각이다?'

웃고 있는 눈앞의 남자.

그는 거대 IT 기업의 대표였다.

그의 손을 잡는 순간 떠오르는 기억.

'엔젝스라……. 이거 대박인데?'

이 사냥터가 실로 쓸 만하다는 생각에, 노형진의 눈은 이미 즐거움으로 반달처럼 휘었다.

'엔젝스 주식 좀 사 놔야겠군.'

엔젝스라는 기업이 어떤 곳인지는 모르지만 무조건 그 주식을 사 놓아야 한다.

눈앞의 남자가 그곳을 인수한다면, 모르긴 몰라도 주가가 2배 이상은 뛸 테니까.

"즐거운 파티 되시길."

"아주 기분이 좋군요."

"이런 파티는 처음입니다."

다들 제법 기대하는 눈치다.

지금이야 이륙한 지 얼마 안 되어서 살짝 긴장하고 견제하고 있지만, 미국과 유럽을 돌면서 전 세계의 새해를 맞이하는 파티이다 보니 시간이 지날수록 분위기는 더욱 좋아질 것이다.

"즐거운 시간 보내시길."

노형진은 이런저런 사람들과 인사를 하면서 다녔다.

"덕분에 아주 즐거워."

그 안에 섞여 있던 유민택은 노형진을 보면서 미소 지었다.

"물론 내가 좀 노땅이기는 하지만 말이지."

"그래서 어떻게, 이야기 좀 나누셨습니까?"

"몇 명과는."

유민택은 슬쩍 고개를 돌려서 한 남자를 바라보았다.

카우보이모자를 쓰고 있는 남자.

누가 봐도 미국의 카우보이다.

다만 살이 너무 쪄서 말을 탈 수 있을지는 모르지만.

"콜슨에서 우리의 미국 진출에 관심을 보이더군."

"콜슨이면 미국의 대형 유통 체인 아닙니까?"

"그래. 안 그래도 우리가 미국 판매 라인이 좀 약하지 않나."

"그렇지요."

"한번 진지하게 이야기해 보자고 하더군."

"다행이네요."

한번 만났다고 해서 일이 해결되거나 사업이 쭉쭉 진행되는 것은 아니다.

하지만 기회를 한 번 더 잡을 수 있다는 것이 아주 중요한 것이다.

"잘되기를 빕니다."

"뭐, 다음에 약속 잡은 걸로 위안을 삼아야지."

여기는 회담이나 거래를 하는 곳이 아니다.

그런 만큼 이곳에서 사업을 하자고 들이미는 것은 상당히 예의에 어긋나는 행동.

"자네는 어디 가나?"

"시선이 느껴져서 못 버티겠네요."

"아아아."

유민택은 뒤에서 느껴지는 시선을 알아채고는 고개를 끄덕거렸다.

"자네한테 좋은 감정을 가지고 있지는 않을 텐데."

"저도 마찬가지입니다. 비즈니스입니다, 비즈니스."

노형진은 유민택에게 인사를 건네고는 신동우에게 다가갔다. 그가 아까부터 자신을 바라보고 있다는 건 알고 있었으니까.

"노형진입니다. 반갑습니다."

"신동우일세. 반갑네. 이름은 많이 들었네."

악수하는 순간 들어온 강렬한 감정.

'아주 때려죽이고 싶어 하네.'

그 강렬한 감정 속에서도 노형진은 씩 미소를 지었다.

그러자 그 미소를 본 신동우의 손아귀에 점점 힘이 들어가기 시작했다.

'얼씨구?'

보아하니 소심한 복수를 하는 모양이었다.

대동에서 한국을 담당하고 있는 그는 제법 아귀힘이 있는지 점점 압력을 가하고 있었다.

'뭐, 장난을 좀 맞춰 줄까?'

신체를 접촉하는 시간이 길어질수록 유리한 건 노형진이다.

"제가 그다지 반갑지 않으신 모양이네요."

"반가울 이유는 없지. 안 그런가?"

속사정이야 어떻든 두 사람이 겉으로는 웃으면서 대화하는 것 같았기에 주변에서는 그다지 신경 쓰지 않았다.

더군다나 두 사람은 한국어로 대화하고 있어 알아듣지 못한다는 이유도 컸고.

"덕분에 내가 엿을 좀 먹었지."

"별말씀을요."

"자네가 미다스의 한국 대리인이라는 소리는 들었네. 내가 이 비행기에 타는 게 마음에 들지는 않았겠지?"

"노코멘트 하겠습니다, 하하하."

점점 조여 오는 손아귀.

그리고 그 안에서 흘러들어 오는 수많은 계획들.

대부분 노형진에 대한 증오였다.

하지만 쓸 만한 정보가 없는 것은 아니었다.

'그렇단 말이지.'

아주 찰나에 스치고 간 계획.

자신과 대룡에 엿을 먹이려고 조용히 준비하고 있던 계획이 드러나자, 노형진은 아픔 속에서도 웃음이 흘러나왔다.

"허, 웃어?"

"좀…… 아프네요?"

새하얗게 변해 버린 손을 내려다보면서 말하는 노형진.

"이건 경고야. 적당히 하게. 우리 쪽과 싸워서 이득 볼 건 없으니까."

손을 놓으면서 차갑게 말하는 신동우.

노형진은 하얗게 질린 손을 흔들면서 작게 중얼거렸다.

"그건 가 봐야 알겠지요."

"어리석은 변호사군."

"제법 아팠습니다, 하하하."

이 상황에서도 웃는 노형진을 보고 눈을 찡그린 신동우는 고개를 돌렸다.

"오늘은 이쯤 하지. 부디 내 경고를 잘 알아들어 줬으면 좋겠군."

"충분히요."

신동우가 멀찍이 가 버린 후에야, 노형진은 눈을 찌푸리면서 손을 내려다보았다.

아까와 다르게 붉어질 대로 붉어진 손.

"너 손이 왜 그래?"

전화를 마치고 온 손채림이 노형진의 손을 보고는 깜짝 놀랐다.

"우리 신 회장님이 투정을 좀 부리셨어."

"아, 미친놈. 그러니까 빼자니까."

"아니야. 잘 데리고 온 것 같아."

"응?"

"그런 게 있어. 넌 어때?"

손채림은 고개를 끄덕거렸다.

"내가 전화하니까 난리 났지, 뭐. 당장 온다는 걸, 일단 엠버한테 연락해서 같이 탑승하라고 했어."

"잘했어. 분위기 좀 살려야지."

아직은 서먹서먹한 사람들을 보면서 노형진은 조용히 말했다.

"그러면, 그들이 온 후에도 계속 같이 비행할 거야?"

"아니."

노형진은 고개를 흔들었다.

"아무래도 돌아가야 할 것 같아."

"어째서?"

"대동이 우리 뒤통수를 거하게 칠 준비를 하고 있었네, 후후후."

노형진은 새로운 사냥터가 너무나 마음에 들어서 견딜 수가 없었다.

새해 첫날, 미국에서 엠버와 교대한 노형진은 다시 한국으로 돌아왔다.

그리고 몇 가지를 알아본 후 새해 연휴가 끝나자마자 유민택을 찾아갔다.

"뭐라고? 대동에서 몰래 뭘 준비하고 있었다고?"

"네. 이미 사람들을 통해 확인해 봤습니다. 그런데 우리 뒤를 아주 거하게 칠 준비를 하고 있더군요."

"하지만 이상한데? 요즘 대동은 뭔가 본격적으로 하려고 하는 움직임이 없었는데."

아파트를 지으려던 시도가 노형진 때문에 무산된 후, 대동은 한국 진출에 상당히 조심하는 눈치였다.

거기에다 그 땅에 아직도 적지 않은 돈이 묶여 있어서 확실하게 움직일 만한 것은 없었다.

"저도 그렇게 생각했습니다. 하지만 대동은 확실히 성화와는 다르더군요."

"성화와 다르다?"

"성화는 즉흥적이지 않았습니까?"

"그건 그렇지. 그에 반해 대동은 집요하고, 기다릴 줄 알지."

"그런 작전입니다. 상황을 보면 아마도 애초부터 대룡을 표적으로 삼았던 것 같습니다."

"그럴 걸세."

대동이 한국에 본격적으로 진입을 시도하는 그 순간부터, 이상할 정도로 대룡을 표적으로 삼았다.

이유는 어렵지 않게 예상할 수 있다.

대룡의 사회적 경영 시스템이 다른 기업들과 반목하고 있어서, 함께 뭉쳐서 저항하기가 힘들기 때문이다.

"그런데 무슨 작전이기에 자네가 그리 말을 아끼는지 모르겠군."

유민택은 고개를 갸웃했다.

노형진은 그런 유민택에게 천천히 말했다.

"지금 신형 핸드폰 만들고 계시죠?"

"아, 그건 그렇지. 설마 우리 연구진을 빼내려는 건가?"

문득 유민택은 과거의 사건이 생각났다.

성화에서 신형 핸드폰의 기술을 빼내기 위해 자기네 연구진 중 한 명을 빼돌린 사건.

그때 노형진이 아니었으면 그 사건이 심각하게 커질 뻔했다.

"확실히 그런 거라면 문제가 되겠군."

자기네 연구진을 빼내기 위해 접촉하는 것.

그리고 그 기술을 빼내는 것.

그건 대룡으로서도 심각한 문제다.

"그런 거라면 차라리 이해라도 갑니다."

"이해라도 간다?"

"네."

"그게 무슨 말인가?"

"그런 거야 흔하게 벌어지는 일 아닙니까?"

"그건 그렇지."

사실 산업스파이가 큰 죄이기는 하지만, 실제로 그런 식으로 기술진을 빼돌리는 건 산업계에서 흔하게 벌어지는 일이다.

"그 정도면 뒤통수라는 표현은 안 쓸 겁니다."

"변죽만 울리지 말고 말해 보게. 기다리다 늙어 죽겠네."

"얼마 전에 신기술 하나 개발하셨죠?"

"얼마 전에?"

"네, 핸드폰 쪽으로요."

"으음…… 그걸 어떻게 알았나?"

아무리 대룡과 새론이 사업적 파트너라고 해도 중요한 정보는 주지 않는다.

그런데 그걸 안다는 것은 이번 일과 관련이 있다는 것.

"그거 특허 신청 중이시죠?"

"그렇지. 그런데 그게 대동의 속임수라 이건가? 말도 안 되는 소리. 우리가 개발해서 특허를 내는 건데."

"그 때문에 뒤통수를 맞는 겁니다."

"응?"

"만일 그 기술이 이미 있는 거라면요?"

고개를 갸웃하는 유민택.

"그러면 수십억을 날리겠군."

"수십억만 날리는 게 아니죠."

"뭐?"

"특허받은 기술을 가지고 공장을 정하고 전화기를 만들어서 파는 중에 소송이 들어와서 결국 기술 사용이 금지되면요?"

순간 유민택의 얼굴이 딱딱하게 굳었다.

만일 이 말대로 된다면 피해는 걷잡을 수 없이 커진다.

"조 단위의 피해가 발생할 걸세."

일단 지금까지 만든 폰은 모조리 폐기해야 하며, 당연히 신형 핸드폰은 판매가 중지된다.

그 기술에 대한 사용 허락을 받을 수 있다면 다행이지만 그러지 못한다면 결국 그 모델은 단종시키는 수밖에 없는데, 공장을 그에 맞춰서 바꾼 후일 테니 다른 건 만들 수도 없다.

하루가 멀다 하고 신형 폰이 나오는 상황에서 구형 폰으로 다시 생산해 봐야 판매가 늘어날 리 없는 데다, 신기술인 만큼 추후 개발되는 모든 핸드폰에 해당 기술이 적용될 예정이었을 테니 추후 개발 일정도 미루어질 것이다.

당연히 그 기술을 대체할 신기술을 만들어야 하는데 그게 돈으로 해결되는 문제가 아닌지라 아무리 빨라도 2년 이상의 연구가 필요하다.

　그러면 최소 2년간 자신들은 신형 폰을 만들 수 없다는 뜻이고, 최악의 경우 공장을 멈춰야 할 수도 있다.

　"그 정도 타격이면 핸드폰 시장에서 철수하는 걸 논의해봐야겠지."

　유민택은 심각한 표정으로 말했다.

　"물론 그 정도까지는 가지 않겠지만, 조 단위 피해는 어쩔 수 없을 걸세. 설마 그게 함정이라는 건가?"

　"제가 놀란 게 그겁니다."

　애초에 특허 전쟁은 상대방의 기술을 빼 오는 것으로 이루어지는 게 보통이다.

　그게 현실이고.

　그런데 대동은 생각지도 못하게 특허 기술을 몰래 심어 뒀다.

　"그건 말도 안 되네. 애초에 대동은 핸드폰 계열사가 없는데."

　"핸드폰 공장이 없다고 해서 기술도 없으라는 법은 없지요. 그 유명한 필름 회사인 후진이 어떻게 버텼는지 아시죠?"

　"으음……."

　후진은 한때 사진의 필름계를 주름잡던 회사였다.

　하지만 시대가 바뀌고 디지털카메라로 장비가 바뀌면서, 필름은 거의 판매 자체가 되지 않는 수준이다.

　"그렇기는 하지. 이제 후진이 필름으로 먹고사는 회사는 아니지."

그들이 필름에서 디지털로 넘어가는 격변기를 버틸 수 있었던 가장 큰 방법은 바로 기술이었다.

"그들은 카메라 자체는 만들지 않지만 그 기술을 가지고 있었지요."

가령 후진에서 만든 줌 기능 특허는, 공식적으로는 후진의 복사기에 들어가는 기능이다.

확대 복사 같은 것 말이다.

하지만 다른 카메라에서 줌 촬영할 때도 결국 기능은 같은 것이니 카메라 제작 회사들은 줌 기능을 쓰기 위해 후진에 적지 않은 로열티를 줘야 한다.

"후진은 그걸 가지고 여러 군데 투자했죠."

결과적으로 이후 후진은 필름 회사를 넘어서 의약품 회사로까지 발전했다.

심지어 화장품까지 만드는 종합 기업이 되어 가고 있는 상황.

"그에 반해 코단은 상황이 좀 달라졌죠."

세계 최초의 디지털카메라를 만든 곳은 어딜까?

다름 아닌 코단이다.

하지만 코단은 그게 그 당시 주요 수입원인 필름 카메라를 위협할 거라 생각해서 그 기술을 사장시켰고, 그 뒤 다른 기업들이 디지털카메라를 만들어 내면서 결국 역사에서 뒤처져 파산에 이르게 된다.

"대동이 그쪽에서 일하지 않는다고 해서 특허가 없는 건 아니죠."

특허도 결국은 권리다.

아무리 그쪽 연구 시설이 없다고 해도 돈만 있다면 얼마든지 살 수 있다.

그리고 대동의 가장 강력한 무기는 돈이다.

"설마 그 기술이 이미 개발된 거란 말인가?"

"네, 기록에 따르면 독일의 중소기업에서 개발한 거랍니다."

대동은 그 기술을 거액을 주고 구입했다.

"그리고 이쪽에 심어 둔 연구원을 통해 조금씩 풀었죠."

"큭……."

그리고 얼마 전 드디어 기술이 완성되었다.

대룡이 그 기술을 개발하기 위해 들인 돈만 무려 95억이다.

그런데 그걸 다 날리게 생긴 것이다.

"우리가 그걸 모르고 쓰기를 기다리고 있었던 거군."

"네."

신기술을 개발하느라 비어 버리는 2년.

그동안 대룡의 핸드폰 시장은 치명적인 타격을 입을 수밖에 없다.

"설사 대체 기술을 구한다고 해도 싸게 주지는 않겠지."

다급한 상황인 만큼 어마어마한 로열티를 줘야 한다.

"그에 반해 대동은 가만히 앉아서 우리의 몰락을 구경하게 되는 셈이지요."

그 기술을 대룡이 아닌 다른 곳에만 허락하면 되는 것이다.

"오래 준비했다라……. 이해가 가는군."

대룡도 바보는 아니다.

한국의 모 기업이 10년간 380억을 투자해서 개발해 놓고 보니 다른 나라 중소기업이 특허를 가지고 있어서 개발비를 날린 경우가 있을 정도로 특허 문제는 민감해서, 새로운 기술을 연구할 때는 그 기술에 대한 특허 여부를 지속적으로 체크하는 것이 관건이다.

같은 기술이라면 말 그대로 뻘짓하는 셈이 되니까.

"맞습니다. 오래 준비한 것은 바로 그 부분이지요."

그런 걸 확인하는 곳은 다름 아닌 대룡의 법무 팀이다.

법무 팀이 소송만 하는 곳이 아니다.

도리어 이런 부분을 확인하는 것이 더 중요한 업무다.

소송이야 외부에 맡겨도 되니까.

"법무 팀에서 배신했다 이거군."

전혀 예상하지 못했던 방식의 배신이다.

소송 자료를 빼돌리거나 회계 자료를 빼돌리는 것 정도는 예상할 수 있지만, 설마 특허가 있다는 사실을 누락시키다니.

"그건 실수라고 커버할 수 있는 부분이거든요."

"으음……."

법무 팀의 배신이 확실하다면, 남은 것은 연구원이다.

"연구개발 팀에서 배신했다면……."

법무 팀은 특허가 없다고 이야기하고, 연구개발 팀은 특허 기술을 받아서 성공했다고 보고한다.

그러면 대룡은 투자를 하고, 그 돈을 날림과 동시에 미래가 막혀 버리는 것이다.

"미친……."

"이 작전에 들어가는 돈이 얼마나 될까요?"

"기껏해야 20억 미만이겠지."

하지만 대룡은 치명적인 타격을 입는다.

"어이가 없군."

"저도 놀랐습니다."

지금까지 이런 경우는 단 한 번도 없었다.

회귀 전과 회귀 후를 다 털어도 말이다.

그만큼 이들의 공격 방식은 참신하다 못해 경이로울 지경이었다.

'나쁜 놈들이지만…… 능력은 알아줘야 해.'

문제는 그게 적이라는 거다.

적이 유능하면 피곤한 건 이쪽이다.

"문제가 심각해지는군. 당장 그 기술을 적용한 차세대 핸드폰 개발을 취소해야겠어."

개발에 들어간 돈은 어쩔 수 없이 손실 처리하고 당사자들을 해직시키는 것이 최선이다.

그리고 그 기능은 다른 회사를 통해 비슷한 성능을 가진 곳에 로열티를 지급하든가 구입하든가 해야 한다.

"그래도 피해가 적지 않겠군."

차세대 폰의 발표가 늦어질 테니 사정을 감안해도 최소한 200억대 이상의 손실은 불가피하다.

"허, 이런 식으로 당하나?"

아스가르드 내부에서 유독 여유롭게, 자신에게 친절하게 굴던 대동의 신동우를 생각하면서 유민택은 혀를 끌끌 찼다.

그게 아마 승자의 여유였을 것이다.

배신자가 안에 있으니, 그 기술의 개발이 끝나 대량생산에 들어갈 예정이라는 보고가 들어갔을 테니까.

이미 중간 시제품도 개발이 끝났고, 테스트 결과 호평을 받은 터라 시간을 끌 이유가 없었던 것.

그런데 그게 이런 식으로 돌아올 줄은 유민택은 꿈에도 생각하지 못했다.

"그냥 당할 수는 없죠."

"뭐?"

"그들도 머리를 잘 쓴 건 사실입니다. 하지만 우리도 그냥 당할 수는 없죠."

"그러면 뭐 방법이라도 있다는 건가? 소송을 해서 특허를 가지고 온다든가? 아니, 그건 불가능할 텐데?"

누가 봐도 저쪽이 먼저 개발한 기록이 있다.

그러니 아무리 이쪽에서 소송을 걸어도 저쪽을 이길 수는 없을 것이다.

"물론 좀 다르면 어찌해 보겠지만."

함정을 파기 위해 준비한 기술이니 애초에 완벽하게 똑같을 것이 뻔했다.

"우리가 안 쓰면 그만인 겁니다."

"응?"

"우리가 그 기술을 쓰지 않으면 되는 겁니다."

"안 쓰는 게 아니라 못 쓰는 거지."

뻔하게 알고 있는데 말이다.

"아니요. 못 쓰는 게 아니라 안 쓰는 거죠."

"이해가 안 가는군."

"그 기술을 무료로 풀어 버리는 겁니다."

"뭐어?"

유민택은 깜짝 놀랐다.

그 기술을 무료로 풀어 버리다니?

"그 기술을? 개발비가 얼마나 들어갔는데…… . 아니, 그건 상관없겠군. 어찌 되었건 우리 기술도 아니지 않나?"

"그게 중요한 겁니다. 우리는 그 사실을 모르는 거죠."

"아!"

대동 입장에서는 대룡을 함정에 빠트리기 위해 그 기술을 내부에 심었다.

당연히 그 기술을 대룡에서 쓸 거라 생각하면서.

"그런데 우리가 그 기술을 무료로 뿌려 버리면 어떻게 될까요?"

"대동 입장에서는 곤혹스럽겠군."

무료로 뿌려 버렸으니 대룡에 책임을 물을 수는 없다.

특허의 침해는 상업적 이용이 있을 때 완성되니까.

"그러면 대동은 그 기술이 자기 것이라는 주장을 해야 합니다."

그러지 않고 입 다물고 있으면, 대동은 그 기술을 사기 위해 들인 돈만 날리는 셈이다.

"하지만 우리가 그런다고 해서 뭐가 바뀌는 건 아니지 않나?"

"바뀌지요. 우리가 당당하게 조사할 수 있게 되니까요."

"당당하게 조사를 할 수 있다라……."

"그 뒤는 비밀입니다, 으흐흐."

노형진은 눈을 반짝거리면서 말했다.

이것은 공짜입니다

　-대룡은 세계 기술의 발전을 위해 이번에 새로 개발한 핸드폰의 성능 향상을 위한 패널의…….

　최신 기술을 무료로 공개한다는 것은 어마어마한 이득을 포기한다는 뜻이다.
　하지만 그런 경우가 아예 없는 것은 아니다.
　한국의 모 기업이 간장을 만들 때 생성되는 발암물질의 처리 기술을 개발한 후 무료로 공개해서 전 세계 식자재 기술을 발전시킨 적도 있으니까.
　하지만 그건 어디까지나 작은 회사 기준이지, 대룡 같은 대기업은 아니었다.

"허?"

신동우는 어이가 없었다.

제대로 한 방 먹이기 위해 다 준비해 두고 있었는데 생각 지도 못한 방향으로 일이 터졌다.

"그걸 공짜로 뿌려?"

개발비만 해도 수십억이 넘게 들어갔다.

그런데 그걸 공짜로 뿌릴 줄은, 전혀 생각도 못 했다.

"이거 미친 거 아니야?"

"저도 잘 모르겠습니다, 이게 무슨 일인지."

신동우에게 보고를 하는 전관서도 당혹감을 감추지 못했다.

'아니, 대룡이 미친 건가?'

그가 아무리 유능하다고 해도, 그건 어디까지나 기존의 대 응 방식에 대해서였다.

공짜로 기술을 뿌린다는 황당한 전략은 들어 본 적도 없었다.

"아니, 모든 준비가 끝났다면서? 이제 공장에서 대량생산 만 하면 된다면서?"

"분명 그랬습니다만……."

그런데 대룡은 그 대신 무료로 뿌려 버렸다.

"혹시 우리에 대해 알아차린 거 아냐?"

"그런 거라면 일단 직원들을 해직하고 기술을 사용하기 위 해 우리에게 접촉했을 겁니다. 기업은 수익에 예민합니다. 그런데 몇 년간 투자한 기술을 공짜로 뿌린다는 건……."

"이 늙은이가 미친 건가?"

신동우는 도무지 유민택의 행동이 이해가 가지 않았다.

기업인으로서는 절대 해서 안 되는 행동이다.

"전관서 부사장, 자네가 봐서는 어때?"

"아무래도…… 유민택의 선택은 아닌 것 같습니다. 허를 찌르는 방식인지라……. 이런 건 주로 노형진이 쓰는 방식입니다만."

"또 그 녀석인가?"

노형진. 새론의 변호사.

그리고 유민택의 지혜주머니.

"죽여 버릴까?"

일본에서, 그리고 동남아에서 자신들에게 저항한 사람이 없는 것은 아니었다.

하지만 대부분 돈 앞에서 무릎을 꿇었다.

적절한 대가를 치르기만 하면, 그들은 불행한 사고로 운명을 달리해야 했다.

"안 됩니다."

하지만 전관서는 안 된다고 못을 박았다.

"어째서? 변호사 한 명일 뿐이잖아? 이슈가 잠깐 될지 모르지만, 우리가 그 정도 이슈에 흔들릴 수준은 아니잖나?"

분명히 의심을 받을 것이다.

하지만 언론과 경찰에 돈을 물려 주면 그들은 입을 닫는다.

그건 절대적 법칙이다.

그러니 두려울 게 없다.

그러나 이어지는 전관서의 말에, 신동우는 이번에는 자신의 생각이 틀렸다는 걸 알았다.

"사회적으로 의심이나 지탄을 받는 게 무서운 게 아닙니다. 어차피 한국인들은 6개월만 지나면 다 잊어버리니까요. 그러나 노형진은 미다스의 사람입니다."

"으음……."

"미다스의 스타일을 보면, 그는 자기 사람을 건드리면 가만두지 않습니다. 지금까지 보아 왔으니 아시겠지만, 자신이 후원하는 단체를 건드렸다는 이유로 한 지역을 파멸로 몰아간 인간입니다."

복수재단을 건드렸다는 이유로 정치인을 날려 버리고, 그 정치인이 있던 지역구의 업체들을 말려 죽였다.

그 지역구에 있던 기업들도 모조리 주소를 옮기는 바람에 지금도 그 지역구는 예산이 없어서 쩔쩔매고 있다.

"우리가 자기 사람을 건드렸다는 걸 알면, 미다스의 성격상 전면전을 치르려 들 가능성이 높습니다."

"모르게 하면 되지 않을까?"

"그것도 확실한 게 아니지 않습니까? 미국에서 벌어진 사건을 생각해 보십시오."

"큭."

미국에서 미다스는 살인을 한 부자의 뒤를 캐내어서 그를 흔들고 주식에서 막대한 수익을 챙겨 갔다.

문제는 그가 살인을 했다는 것을 아는 사람이 단 한 명도 없었다는 것.

그런데 미다스는 용케도 알아내어 증거를 찾아내고, 심지어 함정까지 파 버렸다.

"지금까지 미다스가 캐낸 정보는 누구도 모르던 것들이 많습니다. 그들이 증거를 없애지 않았을 리는 없지요."

즉, 미다스는 어떤 방식으로든 정보를 캐낼 수 있는 능력이 있을 가능성이 높다는 거다.

"사람을 보내서 사고를 낸다고 해도, 결국은 알아낼 겁니다."

"칫."

만일 미다스가 전면전을 선포하면, 아무리 대동이라고 해도 여러모로 곤혹스러워질 가능성이 크다.

만일 다른 기업들과 연합해서 덤빈다면 대동이 망할 수도 있다.

"거기에다 그의 정보력이라면, 회장님 일가의 비밀도 캐낼 수 있을지도 모릅니다."

신동우의 안색이 살짝 변했다.

기업 간 전쟁도 문제인데 만일 개개인의 비리까지 캐는 전쟁을 하면, 불리한 것은 이쪽이다.

저쪽은 대동 일가를 다 알지만 이쪽은 그가 누구인지도 모르니까.

"거기에다 미다스는 폭력을 쓰는 데 거리낌이 없습니다. 적극적으로 쓰지 않을 뿐, 갱단이나 폭력단을 이용한 흔적이 많습니다."

"그 말은?"

"우리가 미다스의 사람을 죽이면 미다스 역시 우리를 죽이려고 할 가능성이 농후하다는 것입니다."

"하지만 야쿠자들이 그걸 가만둘까?"

"야쿠자들이라고 해도, 남미 갱단과 싸움을 하려 들지는 않을 겁니다."

남미 갱단이 와서 자신들을 죽인다?

당연히 대동이 보복을 요청하겠지만…….

"의미가 없겠군."

남미에 가서 전쟁을 한다?

그건 불가능하다.

남미는 전쟁터나 마찬가지다.

그렇다고 한꺼번에 수십만을 보낼 수는 없으니, 갱단을 보낼 때마다 전력 문제로 족족 갈려 나가는 수밖에 없다.

그에 반해 남미에서 사람을 보내 대동의 주요 인사를 암살하는 건 어렵지 않다.

상대방을 죽이겠다고 덤비는 순간 불리한 것은 대동이다.

최종 보스인 미다스가 누군지 모르니까.

결국 이쪽은 족족 갈려 나갈 테고, 미다스는 버틸 것이다.

"거기에다 미다스는 관련자가 생각보다·없습니다."

"무슨 말인가?"

"우리는 전 세계에 관련자들이 많습니다. 각 국가의 사장이나 공장장이나 대리인 같은 이들요."

"그런데?"

"만일 미다스가 악착같이 죽이기 시작하면, 그들이 과연 버틸 수 있을까요?"

"아…… 그렇군. 먹고살자고 하는 짓이니까."

오직 대동에 다닌다는 이유 하나로 갱단의 표적이 되어 죽어 나간다는 것을 알게 되면, 모조리 그만둘 것이다.

"수십 년에 걸쳐서 만들어진 대동이라는 제국이지만, 무너질 수밖에 없습니다. 전쟁으로 치면 그들은 걸리지 않고 게릴라전을 할 수 있지만 우리는 지켜야 하는 거점만 수천 곳이 넘습니다."

공장 하나가 불탈 때마다 자신들의 제국은 휘청거릴 테고 말이다.

"범죄를 이용해서 싸우면 우리가 절대적으로 불리합니다. 죽는다 해도 뒤에서 복수해 줄 사람이 없는 변호사나 사회운동가와는 다릅니다."

"젠장."

결국 신동우는 사람을 보내는 것을 포기해야 했다.

물론 대동의 힘이면 싸워서 이길 수도 있다.

하지만 비정한 세상이, 미다스와 싸우느라고 휘청거리는 대동을 봐줄 리 없다.

"그러면 그를 포섭하는 건 불가능할까?"

"불가능합니다."

이미 그건 성화에서 시도했으나 실패했던 일이다.

"그러면 우리가 할 수 있는 건 뭐지?"

"일단은 다른 자들이 그 기술을 쓰지 못하게 하는 것입니다. 대룡이 기술을 공짜로 뿌린 걸 보면 우리 것이라는 걸 알거나, 최소한 이미 존재하는 기술이라는 걸 안다는 겁니다. 그렇다면 그걸 쓸 가능성은 제로라고 봐야 합니다. 대룡이 미끼도 물지 않을 텐데, 우리가 손해를 감수하면서 공짜로 그 기술을 세상에 뿌릴 수는 없으니까요."

더군다나 이 기술을 공식적으로 뿌린 건 대룡이다.

즉, 그걸 방치해 봐야 칭찬은 대룡이 받는데 손해는 모조리 대동이 보는 셈이다.

"모른 척하는 건 손해일 테지?"

"아주 심각한 손해일 겁니다. 안 그래도 지금 자금이 흥행동에 묶여 있는 상황입니다. 좋은 선택은 아닙니다."

"할 수 없지."

대룡에서 공짜로 뿌렸다면 미끼로서의 효용은 이미 없는 것이었다.

"어쩔 수 없지. 그 기술에 대해 특허는 우리가 가지고 있다고 발표해."

신동우는 안타깝다는 듯 중얼거렸다.

⚖

대동, 대룡이 무료 배포한 신기술은 자신들이 권한을 가지고 있다고 밝혀

특허권을 가진 대동, 대룡에 엄중 항의

아니나 다를까, 무료로 뿌린다는 발표를 하자마자 대동은 그게 자기네 기술이라고 밝혀 버렸다.

이득도 없이 기술만 공짜로 빼앗길 수는 없다고 생각한 것이다.

"역시나네."

노형진은 히죽 웃었다.

"예상대로 되긴 한 것 같군. 그런데 이 이후에는 어떻게 해야 하나?"

"다른 곳에서 발생한 피해는 없나요?"

"없지."

기술을 공짜로 푼다고 해서 갑자기 피해가 발생하는 것은 아니다.

그 기술을 검토하고 적용하는 데에만 몇 달은 걸리는데, 그 전에 대동이 먼저 자기 기술이라고 발표했기 때문이다.

"우리 쪽은 뭐, 투자금이 문제이기는 하지만 말이지."

"이제 이걸 회수해야지요."

"뭐?"

"생각해 보세요. 우리가 신기술을 개발했습니다. 그런데 그건 이미 있는 기술이에요."

"그렇지."

"그러면 그걸 개발한 사람들은 기존의 것을 베꼈다고 봐야 하지 않겠습니까?"

"아!"

그러고 보니 그렇다.

노형진의 말에 따르면 그 기술을 준 것은 대동이다.

당연히 개발자들은 그걸 베껴서 내놨을 것이다.

"그러면 여기서 재미있는 일이 생깁니다. 그 기술을 개발하는 데 들어간 95억은 과연 어디에 쓰였을까요?"

"그건……."

최소 연구 개발 기간 2년.

그리고 거기에 들어간 95억의 예산.

과연 그 돈은 어디로 갔을까?

"확실히…… 그걸 캐기 시작하면 뭐든 나오겠군."

"네, 뭐든 나올 겁니다."

"하지만 그럴 거면 그냥 조사해도 되지 않나?"

"그들이 도망갈 길을 막기 위해서입니다."

"도망갈 길을 막기 위해서?"

"네. 만일 감사에 들어간다면 그들이 어떻게 할까요?"

"바로 사표 내고 대동으로 도망가겠군."

이런 일을 단순히 돈만 받고 저지르지는 않았을 것이다.

아마 대동으로부터 자리를 약속받고 시작했을 것이다.

"하지만 이건 전 세계에 알려진 사건이 되었습니다. 이런 상황에서 만일 그들이 그만두고 대동으로 간다면, 그게 무슨 의미가 될까요?"

"대동이 손썼다는 뜻이 되겠군."

유민택은 미소를 지었다.

"맞습니다."

물론 대룡의 규칙에 따르면, 감사가 들어간 기간 동안에는 사표 수리를 하지 않게 되어 있다.

하지만 그게 효과를 발휘하는 것은, 사표를 내도 다른 곳에 가지 못하는 사람들에 한해서다.

어차피 다시는 대룡과 볼 일이 없는 그들 입장에서는 사표를 내고 튀어 버리면 그만이다.

"대동 입장에서는 그들이 오는 걸 반가워할 수가 없습니다."

자신들이 함정을 팠다는 걸 인정하는 셈이 되어 버리니까.

"그리고 감사의 결과에 따라서는, 결국 그들이 업무상 배임과 횡령을 한 게 되어 버리죠. 그러면 연구진과 법무 팀 중 이번 일에 관련된 사람들에게 그 비용을 돌려 달라고 청구할 수 있게 됩니다."

물론 그들이 그 돈을 다시 토해 낼 수는 없을 것이다.

한두 푼도 아니고 무려 95억이니까.

"과연 그들이 뭐라고 할지 두고 보자고요, 후후후."

"어쩌지…… 어쩌지……."

대룡 개발 팀은 완전히 폭탄 맞은 분위기였다.

일부는 전혀 모르고 있다가 당해서 입술을 깨물고 있었지만 알고 당한 사람들, 즉 대동에 포섭되어서 기술을 슬쩍 흘린 자들은 입술을 잘근잘근 깨물고 있었다.

'니미, 씨발…… 이건 생각도 못 했는데?'

일이 터지기가 무섭게 바로 대룡에서 감사가 진행되었다.

얼마나 폭풍같이 진행된 건지, 뉴스 보고 일이 터졌다 싶었을 때는 이미 사무실이 싹 털린 후였다.

"어쩌지, 우리?"

"그러게. 연구비 비는 게 장난 아닐 텐데."

다들 바들바들 떠는 데에는 이유가 있었다.

연구비를 받아서 충실하게 연구에 쓴 사람도 있지만, 대동으로부터 기술을 받은 사람들은 흥청망청 써 버렸기 때문이다.

"대동이랑 연락해 봤어?"

그들은 조용히 사무실 구석에 뭉쳐서 자기들끼리 말을 주고받았다.

"당장 사표 내고 그쪽으로 튀어야 하는 거 아냐? 원래 계획은 그랬잖아."

대룡이 공장을 만든 후에 일이 터지면 바로 사표를 내고 튄다.

그리고 자기들은 그런 기술이 없다고 들었다고 우기면서 버틴다.

원래 그런 계획이었다.

"대동에서 지금은 못 받아 준대."

"아니, 왜!"

"지금 전 세계 언론이 이쪽을 보고 있다잖아."

대룡이 최신 기술을 공개해 버리는 바람에 전 세계가 난리가 났었다.

그 기술적 가치가 전 세계적인 시장 규모로 봤을 때 10조가 넘는다는 사실에 다들 관심을 가진 와중에, 대동이 그 기술이 자기들 거라고 주장하고 나왔다.

"이 와중에 우리가 대동 가 봐. 대동 입장에서는 수 쓰려다가 틀어졌다는 걸 인정하는 꼴밖에 안 되잖아!"

"끄응……."

"그러니 잠자코 있으라던데? 나중에 받아 준다고."

"잠자코? 지금이 잠자코 있을 상황이야?"

감사가 시작된 지 벌써 며칠이 지났다.

슬슬 감사 결과가 나오기 시작할 때였다.

그러니 어떤 식으로든 해결책을 찾아야 한다.

"당장 대동이랑 다시 이야기해 봐."

"알아! 안다고! 왜 나한테 그래!"

"네가 먼저 꼬셨잖아!"

"내가 이런 식으로 될 줄 알았냐고!"

"이거 걸리면 일이 얼마나 커지는데!"

"아, 진짜! 같이하자고 했잖아! 꿀 빨다가 이제 와서 나는 모른다고 발을 빼는 거야?"

"너 진짜 이러기냐!"

그들 내부에서 책임 문제를 가지고 싸우는 그때, 누군가 휴게실 입구에 나타났다.

"여기서 뭐 해요?"

"아…… 아니에요."

다른 연구원이었다.

그녀는 이번 일에 상관없기는 하지만, 어찌 되었건 상당히 곤혹스러운 표정이었다.

"지금 당장 모이래요."

"네?"

"당장 모이래요, 중대 발표가 있다고."

"중대 발표요?"

"네."

"으음……."

그들은 서로의 눈치를 보면서 슬금슬금 회의실로 향했다.

그렇게 회의실에 도착한 그들의 눈에 보인 것은 대룡의 법무 팀이었다.

법무 팀의 얼굴을 확인한 몇몇이 입술을 깨물었다.

'닝기미.'

법무 팀이라고 하면 자신들이 잘 아는 그들이 올 줄 알았다.

그런데 지금 온 법무 팀은 전혀 모르는 사람들이다.

법무 팀에도 감사가 벌어지고 있다고 했으니, 결과적으로 법무 팀도 특허를 발견하지 못한 책임을 지고 왕창 목이 날아가게 생겼다는 소리다.

"일단 감사 결과부터 발표하겠습니다."

새로운 법무 팀장은 연구원들을 보면서 차갑게 말했다.

새로 바뀐 법무 팀의 사람들은 연구원들을 마치 벌레 보듯이 바라보았다.

'일이 틀어진 게 분명해.'

그렇지 않다면 이렇게 차가운 시선이 나올 수가 없다.

"감사 결과, 일부 직원들의 연구 투자금 착복이 확인되었습니다."

"아……."

"이런……."

결국 그렇게 되었다는 말에 다들 안타까운 탄성을 내질렀다.

하긴, 연구비 중 일부를 착복하는 것은 흔하게 벌어지는 일이니까.

하지만 계속되는 발표는, 이게 일부의 문제가 아니라는 것을 증명했다.

"특히 연구개발 팀에서는 95억의 개발비 중에서 무려 78억을 착복했습니다."

"아니, 무슨 말을 그렇게 합니까! 우리가 얼마나 열심히 연구했는데!"

연구개발 팀은 발끈해서 소리 질렀다.

하지만 이미 노형진에게서 답을 받아 온 법무 팀은 그런 그에게 전혀 꿀릴 게 없었다.

"개발을 열심히 했다고요? 기존 특허를 그대로 복제하고서는?"

"우리는 그런 거 몰랐다니까요!"

"그래요? 그럼 그 연구 개발비, 다 어디로 갔습니까?"

"그……."

"결과만 나오면 뭐 합니까? 그 연구 개발을 하는 데 예산이 얼마나 들어갔는지, 그게 어떻게 집행되었는지 증명할 수가 없는데."

"……."

맞는 말이다.

이미 기술이 확보된 상황에서, 그들은 연구 개발비가 나오자 욕심이 났다.

한두 푼도 아니고 수십억이었으니까.

그들은 연구 개발지를 그냥 무시하고 돈을 빼돌렸고, 다른 개발 팀에는 이미 나와 있는 기술을 넘겼다.

"연구 개발은 신기술을 개발하라고 지원하는 거지 기존 기술을 허락도 없이 베끼고 놀고먹으라고 주는 돈이 아닙니다."

"아니, 그건……."

"그로 인해 우리 대룡에 심각한 피해가 발생했습니다."

"그건 우연히, 연구하다 보니……."

"개발비가 정상적으로 집행되었다면 우연이었겠지요."

그랬다.

제대로 운영되었다면 그들이 몰랐다는 증거가 될 것이다.

하지만 실제로 연구비는 엉뚱한 곳으로 줄줄 샜다.

그건 반대로, 개발해 내야 할 기술이 이미 확보되어 있었다는 반증이 되어 버렸다.

"그건……."

팀장도 대꾸하지 못했다.

자신이 관리하지 못한 건 사실이니까.

뭔가 이상하다고 생각은 했지만 결과적으로 연구 기간에

맞춰서 따박따박 실적이 나와서 내버려 둔 것뿐이었다.

"즉, 연구 개발비는 연구개발 팀이 착복한 것이 드러났고, 그에 따라 본사에서는 여러분에게서 그 돈을 환수하기로 결정했습니다."

"환수요?"

"환수라니요!"

"연구를 하라니까 기존 기술을 베끼고 그 돈은 당신들 마음대로 쓰지 않았습니까? 그로 인해 피해가 발생했는데 우리가 그냥 당하고만 있어야 할까요? 우리는 연구개발 팀 전원에 대해, 95억에 대한 연구 자금 환수 소송을 할 예정입니다. 또한 특허권 위반으로 인한 손해배상을 청구할 생각입니다."

"네에?"

"물론 이상 징후가 없는 직원들에 대해서는 그런 조치가 취해지지 않을 겁니다. 하지만 이상 징후가 있는 사람들은 소송이 진행될 겁니다. 소송은 새론에 위임하여 진행될 예정입니다. 당사자는 여기서 개별 발표는 하지 않겠습니다만, 자택으로 소장이 날아갈 테니까 각자 알고 계시길."

법무 팀은 거기까지 발표하고 그대로 단상에서 내려왔다.

"아니, 그게 무슨 말이에요!"

"난 전혀 몰랐다고!"

"아, 진짜 어떤 새끼가 이런 뻘짓을 한 거야!"

몇몇 사람들은 극도의 흥분을 감추지 못하고 길길이 날뛰었다.

하지만 대부분의 시선은 몇몇 사람들에게 향하고 있었다.

"이런 미친 새끼들."

같이 연구했기 때문에, 어떤 사람이 어떤 업무를 담당하고 있었는지 잘 알고 있었다. 그런 만큼 그들 중 누가 돈을 받고 일했을지 추측하는 것은 어렵지 않았다.

"개자식들."

"어쩐지 신기하게 연구 예정일을 한 번도 안 어기고 완성품을 내더라니."

아무리 천재라고 해도 연구 예정일을 칼같이 맞추는 것은 불가능에 가깝다.

그런데 그들은 한 번도 어김없이 예정일을 맞췄다.

"아니, 우리는……."

"어쩔 거야! 어쩔 거냐고!"

"아, 망했네!"

"우리는 진짜로 억울해요! 진짜로!"

그들은 억울하다고 외쳤지만, 그 말을 믿어 주는 사람은 아무도 없었다.

⚖

"법무 팀은 어때?"

손채림을 보면서 노형진은 사건 진행 상황에 대해 물었다.

그는 연구개발 팀을 조사하는 데 참석했고, 법무 팀을 조사하는 데에는 손채림이 참석했기 때문이다.

"아니나 다를까, 몇몇이 이상해. 특히 특허관리부 쪽이 말이지."

"아무래도 회사에서 기존 특허가 있다는 걸 알면 연구를 하지 않을 테니까."

즉, 특허관리부에서 기존 특허등록 사항을 조사해서 등록된 내용이 있는지 확인해야 하는데, 그런 흔적이 없다는 것이다.

"특허청이나 다른 나라에 질의한 기록도 없어."

"역시나 특허를 감추려고 한 거군."

"맞아. 그런데 이런 경우는 손해배상이 가능해?"

손채림은 고개를 갸웃했다.

손해배상은 기본적으로 자신의 잘못이 커야 한다.

그런데 이 경우 업무를 제대로 하지 않은 부분은 있지만 잘못이 크다고 보기는 어렵다.

"물론 해 봐야 거의 인정되지 않을걸. 연구개발 팀과는 상황이 좀 다르니까."

연구개발 팀은 확실하게 연구 비용을 착복했다.

그런 만큼 그들에게 배상을 청구하는 것은 어려운 일이 아니었다.

"하지만 법무 팀은 아무래도 엮기 힘들지."

"그러면 어쩌지?"

"괜찮아. 어차피 법무 팀은 엮어도 그만, 안 엮어도 그만이야."

그들을 조사해 봐야 아마 아무것도 안 나올 것이다.

대동에서 계좌로 돈을 보내는 멍청한 짓을 했을 리 없으니까.

"하지만 더 이상 사회생활을 못 하게 하는 것은 가능하지."

자신의 회사에 피해를 입히기 위해 뇌물을 받고 거짓 정보를 준 사람들이 재취업하는 것은 쉬운 일이 아닐 것이다.

대룡에서 그걸 가만히 두고 보지도 않을 테고.

"아마도 업무상 배임 같은 걸로 걸겠지. 그리고 그들은 실수라고 주장할 테고."

"인정될까?"

"안 될걸."

이러한 공식적인 업무는 모두 공문으로 주고받게 되어 있다.

그런데 저들은 그러한 신청도 하지 않았다.

그런 만큼 업무상 배임은 피할 수 없다.

"95억은 아니지만, 몇천 정도는 토해 낼 수밖에 없지."

"쯥, 멍청한 건가?"

"인간의 욕심이라는 게 그런 거다."

대룡에서 대동으로 넘어가도 별 손해가 없을 거라는 생각.

도리어 돈을 받고 월급도 올려 줄 거라는 생각에, 그들은 혹해서 넘어갔을 것이다.

"하지만 어떤 기업도 그런 배신자를 중요한 보직에 쓰지는 않거든."

결국 그들은 눈앞에 있는 돈에 혹해서 자신의 인생을 망치는 셈이다.

법무 팀이라는 곳은 법적인 문제를 해결하는 곳.

당연히 다른 어떤 부서보다 믿음이 필요한데, 그 믿음을 버렸으니까.

"일단, 법무 팀은 나중의 문제야. 우리가 노려야 하는 것은 연구 팀이야."

"그쪽에 대한 소송은 잘 진행되고 있어. 억울하다고 난리기는 하지만."

"억울하다고 해도 어쩌겠어? 증거가 있는데."

차라리 연구비를 안 받았다면 문제가 되지 않았을 것이다.

하지만 연구비를 너무 안 받아도 의심받을 건 뻔해서, 그들은 연구비를 받아서 몰래 쓴 것이다.

어차피 실적만 나온다면 연구비에 대해서는 빡빡하게 구는 편이 아니니까.

"그들이 횡령한 돈을 내놓을 수 있을까?"

"무리일걸."

감사 결과, 그들이 횡령한 돈은 무려 60억이다.

핵심 부서이다 보니 투입되는 돈도 그만큼 많았던 것이다.

"그런데 그 부서의 연구원은 고작 스무 명이야. 한 사람당 무려 3억이지. 그 돈이 나올 리 없지."

"이렇게 될 거라는 걸 몰랐을까?"

"일반적으로는 손실금으로 처리되거든."

업무를 진행하는 데에 있어서 사고가 없을 수는 없다.

그리고 그런 경우 예정되어 있는 손실금으로 처리된다.

아무리 법무 팀이라고 해도 실수 없이 완벽할 수는 없으니까.

"대동은 어쩔 거야?"

"글쎄…… 대동을 어떻게 할 수가 없는 게 문제이기는 한데."

대동을 건드리자니 증거가 없다.

물론 무리해서 소송을 걸 수는 있다.

하지만 그런다고 해도 증거도 없이 인정받기는 힘들 것이다.

"일단 피해는 어느 정도 복구할 수 있겠지만 대동과 싸운다? 그건 힘들걸."

"스파이 행위가 안 되나?"

"안 되지."

기술을 빼내는 게 아니라 기술을 심어 둔 거다.

그걸 스파이 행위로 보기는 힘들다.

"아니, 그 기술로 함정을 판 건 맞잖아?"

"그건 맞아. 문제는 그건 완성된 범죄가 아니라는 거야."

"아……."

만일 기술을 빼낸 거라면 산업스파이 혐의가 적용된다.

하지만 그들이 한 것은 기술을 빼낸 것이 아니라 기술을 준 것이다.

"그건 산업스파이 혐의에 적용이 안 돼. 그리고 함정을 판 건 증명할 방법이 없지. 설사 증명한다고 해도, 정작 피해 자체는 발생하지 않았어. 그러니 논란의 여지가 있지."

"으음…… 연구가 밀렸잖아?"

"뭐, 그럴 수도 있는데, 그건 법적으로 논란의 여지가 있으니까."

연구가 밀린 것이 대동의 계획 때문인지, 아니면 연구개발 팀의 무능 때문인지는 증명할 방법이 없다.

"그리고 그런 거라면 설사 대동이 진다고 해도 배상금은 그다지 안 나올걸."

손해배상은 추상적인 손해에 대한 배상을 하지 않는다.

설사 소송에서 이긴다고 해도, 그 기능을 함께 넣은 핸드폰이 대박이 날지 폭망할지 알 수가 없다.

"그런 경우는 대부분 배상금이 보수적으로 책정되지. 기껏해야 5천 정도나 되려나?"

"와…… 미치겠네."

"그러니까 내가 놀랍다는 거야. 저쪽도 머리를 엄청 썼어. 걸린다고 해도 자기들에게 항의할 수 없다는 걸 알고 있었던 거지."

"결국 일단은 연구개발 팀을 털어서 손해를 복구해야 한다는 거네?"

"다음번에는 이런 짓을 하지 못하게 해야 하지 않겠어?"

노형진은 어깨를 으쓱거리면서 말했다.

"언젠가는 한 방 먹일 수 있는 기회가 오겠지, 뭐."

연구개발 팀은 말 그대로 초주검 상태였다.

한 명당 무려 3억이나 되는 배상금.

거기에다 손해배상과 업무상 배임으로 인한 처벌까지, 말 그대로 집안이 풍비박산될 수밖에 없는 상황.

"왜 그러신 겁니까?"

노형진은 그렇게 말하면서 연구개발 팀의 사람들을 바라보았다.

"아니, 우리는…… 모르고…….."

"우연치고는 아주 마음대로 연구비를 착복하셨던데요?"

"그건…….."

"설사 우연이라고 해도 이건 횡령입니다. 안 그런가요?"

"……."

"횡령한 자금에 대해서는 당연히 환수하는 게 기본 아니겠습니까? 설마 학위까지 가지신 분들이 그런 걸 모르지는 않으실 테고."

모두의 고개가 아래로 떨어졌다.

"이 자리는 합의를 위한 자리입니다. 그러니 자발적으로 돈을 내실 분은 내 주십시오. 만일 합의금을 내시면 형사 고발은 면제해 드리겠습니다."

꿀 먹은 벙어리가 되는 사람들.

그 돈을 한 번에 줄 수 있는 사람이 있을 리 없으니까.

노형진은 그런 그들을 보면서 기가 차다는 듯 말했다.

"아니, 빼돌린 3억 말고 대동에서 받은 돈도 있을 거 아닙니까? 그런데 그 돈을 다 쓰셨다고요?"

"……!"

그 순간 사람들의 시선에 놀라움이 담겼다.

갑자기 대동이라는 이름이 나올 줄은 몰랐던 것이다.

"설마 우리가 모를 줄 알았습니까?"

노형진은 느긋하게 의자에 기대앉으며 손을 깍지 끼어 무릎 위에 올렸다.

"대동이 기술을 넣고, 그걸 대룡이 이용할 수 있게 하라고 하지 않았나요?"

"아…… 아니, 그걸 어떻게……?"

누군가 떠듬거리면서 말을 하려고 하다가 순간 흠칫하면서 자신의 입을 막았다.

하지만 노형진의 말은 거침이 없었다.

'이미 알고 있으니까.'

아예 몰랐다면 모를까, 그들이 포섭되었다는 것은 알고 있다.

그러니 그들이 사용했던 물건들에서 기억을 읽어 내는 것은 어려운 일이 아니었다.

"여러분들이 어디에서 어떻게 돈을 받았는지까지 다 말해 드릴 수 있습니다만?"

"허억!"

노형진의 말에 사색이 되는 연구자들.

"물론 그게 무슨 의미인지는 여러분들이 가장 잘 아시죠?"

"……."

"학업 마치라고 그렇게 지원해 주신 부모님들 가슴에 아주 확실하게 못질을 하시네요."

"크으윽."

부모님 이야기가 나오자 몇몇이 눈물을 흘렸다.

연구자로 들어오기 위해서는 최소한 석사 이상의 지식이 필요하다.

그리고 그 돈은 모조리 부모님의 주머니에서 나왔다.

"아시겠지만, 여러분은 해직된 후에 다른 기업에는 못 가실 겁니다."

노형진은 슬슬 그들을 압박했다.

그리고 그럴수록 그들의 얼굴은 어두워졌다.

"석사나 박사까지 따신 분이 노가다를 뛰실 수 있을는지."

노형진은 미소를 지었다.

"노…… 노가다라니요!"

"아시지 않습니까?"

배신을 한 사람들이다.

다른 곳에서 쓸 리 없다.

안 그래도 요즘은 박사 백수도 넘쳐 나는 세상이다.

"거기에다 우리 대룡이 그렇게 물렁해 보이셨나 본데, 본 사에서 벌어진 '그 폭풍'에 대해서는 잘 모르시나 봐요?"

몇몇의 얼굴이 사색이 되었다.

몇 년 전 벌어진 본사의 사건.

그 당시에 대대적인 부패 정리가 진행되면서, 수많은 임원이 모가지가 날아갔다.

아니, 모가지만 날아간 게 아니다.

부패로 인해 피해가 발생한 경우 회사 차원에서 소송을 걸었고, 만일 성추행과 같은 범죄의 피해자가 직원인 경우 그 직원의 소송을 본사에서 직접 지원해 줬다.

"걸리면 죽는다는 걸 왜 모르셨을까?"

아무래도 연구 쪽은 그런 폭풍이 좀 덜하기는 했다.

팀제로 운영되어서 내부 고발도 힘든 데다가, 갑자기 사람이 바뀌면 연구도 흔들리니까.

"못 한 게 아니라 안 한 거라는 걸 왜 다들 모르셨는지."

노형진이 빈정거리자 누군가 결국 터진 듯 소리를 질렀다.

"아니! 그렇게 잘 아는 사람이 왜 우리랑 싸우려고 합니까! 대동이랑 싸워야지요!"

"야! 그러지 마!"

"아, 씨발! 어차피 막장이잖아! 우리도 이렇게 죽을 수는 없잖아!"

"아니, 그건 그런데……."

"어차피 다 아는 것 같은데 뭘 입을 다물고 있어!"

그는 발끈하면서 소리를 지르더니 노형진에게 삿대질을 했다.

"다 알잖아요! 다 알면서 왜 대동이랑 안 싸우고 우리랑 싸우려고 합니까! 체급에 맞는 싸움을 하세요, 체급에 맞는 싸움을!"

언성을 높이는 남자.

노형진은 그런 그를 보고 되물었다.

"왜요?"

"뭐요?"

"이쪽이 힘도 없고 싸우기 쉽고 돈도 받아 내기 쉬운데, 왜요?"

"그……."

"당신 같으면 싸우기 쉬운 대상 놓고 굳이 싸우기 힘든 사람이랑 싸우겠습니까? 어차피 받아 내는 돈은 똑같은데."

"……."

직원들은 입을 다물었다.

노형진의 말이 맞으니까.

"더 하실 말 없습니까?"

노형진은 완전히 절망해 버린 사람들을 바라보면서 조용히 물었다.

하지만 연구원들은 아무런 말도 할 수가 없었다.

"그러면 전 이만."

노형진은 일어나서 그곳을 나가려고 했다.

그 순간 한 명이 갑자기 일어나서 그의 앞을 가로막았다.

"지…… 진짜로 저희는 몰랐어요!"

"뭘요?"

"아니, 그게 무슨 의미인지 몰랐어요. 대동에서…….."

"아!"

"아, 씨발, 어쩌라고! 네가 막장이라며! 그러면 바짓가랑이라도 잡고 살려 달라고 빌어야 할 거 아냐!"

아까 소리를 지르던 남자에게 빽 소리를 지른 여자 연구원은 눈물로 가득한 눈빛으로 노형진을 바라보았다.

"그냥 이걸 연구 기록으로 제출하라고 그쪽에서 준 것뿐이에요. 저희는 그대로 한 것뿐이고."

"오호, 그래요?"

노형진은 갑자기 관심을 보였다.

"과…… 관심이 있으세요?"

"갑자기 관심이 생기네요, 엄청."

노형진은 히죽 웃으면서 자리로 돌아갔다.

그리고 그들을 바라보면서 천천히 물었다.

"그러니까 이걸 연구 결과로 넣으라고 대동에서 시켰다?"

"네."

"누가 줬는지 아십니까?"

"대동의 조요진이라는 사람이에요."

아까와 다르게 노형진이 관심을 보이자 너도나도 자신이 아는 걸 이야기하기 시작했다.

"아아, 진정하시고. 이런다고 해서 용서해 드리는 건 아닙니다."

"그, 그건……."

"하지만 책임은 상당 부분 경감해 드릴 수 있지요. 자, 아까 말 꺼낸 분, 계속 말해 보세요. 그 조요진이라는 사람이 뭐라고 하던가요? 그 후에 뭘 어쩔 거라는 말이 있던가요?"

"아니요. 그냥 저희한테는……."

조요진이라는 사람은 연구원들에게 접촉해서 특허 기술을 주면서 이걸 대룡에 넘기라고 했다고 했다.

"그 이후에 아무런 말도 없었구요."

"네, 그것만 하면 저희한테 한 명당 5천만 원씩 준다고……."

'적은 돈은 아니다만.'

그들은 그게 무슨 의미인지 몰랐던 모양이다.

하긴, 연구원은 이과다, 법은 문과고.

그러니 이쪽이 어떤 영향을 미치는지는 잘 몰랐을 가능성
도 있다.

"너, 너……!"

아까 소리를 지르던 남자는 당황해서 어쩔 줄 몰라 했다.

어느 순간 사람들의 분위기가 모조리 고발하는 쪽으로 넘
어갔으니까.

"어쩌시겠습니까?"

노형진은 그런 그를 보면서 물었다.

"뭘요?"

"대세는 이쪽으로 넘어왔습니다. 끝까지 버티면서 싸워
보실 건가요, 아니면 뭐든 내놓으실 건가요?"

"그……."

남자는 움찔했다.

노형진은 그런 그를 보면서 미소 지었다.

"당신같이 매사에 손해 보려고 하지 않는 사람들은 꼬리를
남기는 법이지요."

움찔하는 남자.

"그리고 나한테 언성을 높인다는 것은, 대룡과 틀어져도
믿을 구석이 있다는 의미이고."

"으으으윽."

"상식적으로 범죄를 저지르고 몇억을 배상해야 하는 직원
이 언성을 높이는 경우는 없지요."

있다면 두 가지뿐이다.

극도의 분노로 자포자기한 상황이거나, 믿을 만한 게 있는 상황이거나.

"그런데 당신은 그다지 분노한 것 같지는 않거든요?"

그러면 남은 건 하나뿐이다.

믿을 만한 것이 있다는 것.

한데 지금은 대룡에서 믿을 만한 높은 사람을 알아서 그가 해결해 줄 수 있는 사건이 아니니까, 그가 믿을 만한 것은 하나뿐이다.

"그거 3억에 사죠."

"뭐라고?"

"3억에 사겠다고요. 당신이 내놔야 하는 배상금을 전액 탕감해 드리겠다는 말씀입니다."

남자의 눈동자가 흔들리기 시작했다.

그리고 몇몇은 부러운 시선을, 몇몇은 당혹스러운 시선을 그에게 보냈다.

"그걸 가지고 가서 대동을 흔들어서 뭐 좀 챙겨 볼까 하실 수도 있는데, 제가 대동과 관련해서 실종된 사람들 명단을 읽어 드릴까요?"

남자는 움찔하더니 결국 고개를 푹 숙이고 핸드폰을 들었다.

"녹음이라……. 그들이 순순히 당할 리는 없었을 텐데요?"

분명히 녹음을 대비해서 핸드폰을 빼앗거나 몸수색을 했

을 것이다.

남자는 작게 중얼거렸다.

"아니…… 그게…… 블루투스 자체는 그다지 크지 않으니까."

"오호?"

블루투스의 안에 들어가는 장비 자체는 작다.

그걸 떼어 내서 주머니에 잘 감추면 주머니를 통째로 털어 내기 전에는 알 수가 없다.

그리고 주변에 다른 핸드폰을 두고 그걸로 녹음하면 끝.

"역시 이과. 대단하네요."

노형진은 만족스러운 얼굴이 되었다.

법이 문과라면, 기술은 이과니까.

'그리고 그 조요진이라는 사람은 문과겠네.'

그러니 블루투스를 소형화시킬 거라고는 생각도 못 했을 테고, 같이 간 보디가드가 있을지는 모르겠지만 그들은 체육 쪽 아니면 깡패일 테니 기술에서는 패스.

"자, 이런 이과적인 창의력, 마음에 듭니다. 혹시 더 팔 거 있는 분?"

노형진은 싱글거리면서 주변을 바라보았다.

그러자 그중에서 몇몇이 천천히 눈치를 보면서 손을 들기 시작했다.

노형진은 그들이 제출한 녹음 기록을 들으면서 눈을 반짝였다.

날로 먹어 줄게

"뭐? 그걸 사용할 방법이 있어?"

유민택은 노형진의 말에 깜짝 놀랐다.

안 그래도 그 문제를 해결하기 위해 머리를 쥐어짜고 있는데 그 기술을 사용할 수 있는 방법이 있다니.

"네. 뭐, 일단은 가능성이지만 충분히 가능합니다."

"아니, 그걸 대동이 허락하지 않을 텐데?"

그 기술은 대동 소유다.

그런 만큼 대동이 사용을 허락하지 않으면 쓸 수가 없다.

"저도 그렇게 생각했습니다. 그래서 사실 그 기술을 포기하고 있었지요."

"그건 그렇지."

"그런데 말입니다. 생각해 보니 그들이 직원들에게 그 기술을 나눠 줄 때, 과연 그 기술을 쓰면 어떻게 될지에 대해서도 설명해 줬을까요?"

"응?"

"이 기술을 쓰면 우리가 소송해서 너희 회사에 엿을 먹이겠다고 설명을 했겠느냔 말입니다."

"그럴 리 없지."

그걸 들은 직원이 지시를 따른다는 보장은 없다.

아니, 그렇게 되면 일이 너무 커진다.

당연히 직원 입장에서는 부담이 되어서, 그걸 시행하기는커녕 도리어 상부에 보고할 수도 있다.

"그들의 이야기를 들어 보니 간단하더군요. 그냥 이 기술을 위에 보고하라는 식으로 이야기했답니다."

"아니, 당연한 거지. 누가 애초부터 부담스러운 짓을 하겠는가?"

물론 처음에 접근할 때는 공짜는 아니었다.

이 연구가 끝나면 대룡을 그만두고 대동으로 올 것이라는 조건을 달았다고 한다.

"처음에는 스카우트인 줄 알았던 거죠."

그리고 연구비를 슬쩍할 수 있으니 그들은 좋다고 그 미끼를 물었다.

"그 후에는 줄줄이 엮여 들어간 거죠."

나중에 본색을 드러내서, 다른 연구원을 포섭하지 않으면 고발하겠다고 했다는 것이다.

"거기에다 그들이 요구한 것은 기술을 내놓으라고 하는 것도, 또 정보를 내놓으라는 것도 아니었답니다."

그저 기술을 상부에 보고하라는 정도.

"처음에는 겁먹었던 직원들도 나중에는 적극적으로 변했답니다."

부담도 없고 돈은 공짜로 먹을 수 있는 데다가 그 대가로 대동에서 적지 않은 돈을 받았으니까.

"산업스파이이기는 하지만, 사실 엄밀하게 말하면 산업스파이에 어울리지 않는 거죠. 스파이의 개념은 정보를 빼내거나 허위 사실을 올리는 행동이니까요."

"허."

"하지만 그들은 정보를 캐낸 것도, 허위 정보를 심은 것도 아닙니다. 그들은 그 후를 노렸으니까요."

그렇게 그들이 조금씩 기술을 풀었고, 그 결과 기술이 완성되었다.

"이 경우 분쟁으로 들어가게 되면 우리 과실책임이 커집니다."

법무 팀이 이런 걸 걸러 줘야 하는데 거르지 못했으니까.

문제는 법무 팀의 업무 특성상, 그게 과실이라는 걸 증명하는 게 쉽지 않다는 것이다.

애초에 법무 팀에서 일하고 있는 자들이 배신했으니 흔적을 남겼을 리도 없고 말이다.

"그건 알겠네. 그런데 그게 왜 우리가 사용할 수 있는 증거가 된단 말인가?"

"그들이 주기는 했습니다. 하지만 연구자들에게 그게 어디에 사용될 건지 설명하지 않았지요. 그런 경우, 그 기술은 일반적으로 사용되는 정상적인 증여 과정을 거쳤다고 봐야 합니다."

"정상적인 증여 과정?"

"증여라기보다는, 허락이라고 표현하는 게 맞겠네요."

그 기술을 준다고 해서 그 기술을 기반으로 새로운 기술을 연구하는 것도 아니고, 일반적으로 그게 자기 개발 기술이라고 생각하면 그걸 사용하는 게 정상이다.

"즉, 그런 식으로 보면 대룡의 행동은 정상적인 범주 내에서 이루어진 것입니다. 허락을 받았으니까 그걸 써도 된다는 거죠."

유민택은 지금까지 그 기술을 쓸 수 있을 거라는 생각은 전혀 하지 못했다.

그런데 지금 노형진은 그 기술을 쓸 수 있다고 이야기하고 있었다.

"그러니까, 그들이 우리 연구개발 팀에 어디에 쓸 건지 이야기를 하지 않았으니까 그 기술을 사용하는 게 가능하다?"

"네."

"이해가 안 가는데 좀 자세하게 설명을 해 주겠나?"

"법적으로 대리인이 한 행위는 당사자에게 영향을 주도록 되어 있습니다."

"그 정도는 나도 알고 있네. 그런데 그게 무슨 말이 안 되는 소리인가?"

"가령 이번 사건에서, 조요진이라는 사람은 대동 측의 대리인이 되는 겁니다."

"음…… 조요진 그 작자가 대리인이라……."

노형진의 말에 유민택은 곰곰이 생각에 빠졌다.

확실히 그의 신분이 대동의 어지간한 계급이라면, 대리인으로서 자격을 가지고 있다고 봐도 무방할 것이다.

"그리고 조요진은 그 기술을 우리 연구진에게 넘겼지요."

"그래서?"

"그 경우 우리 대룡은 선의의 제삼자가 됩니다."

"선의의 제삼자?"

"네. 이런 거죠. 이 사람이 상대방의 대리인이고 실제로 충분히 그럴 만한 자격이 있는 자리에 있다면, 우리는 선의의 제삼자로서 그 거래에서 보호를 받는 겁니다."

"예를 들면?"

"아내와 남편의 사이라고 볼 수 있지요."

일반적으로 남편은 일을 하러 나가는 경우가 많다.

그래서 중요 거래가 있는 경우 남편이 동석하지 않는 경우가 적지 않다.

"가령 집을 팔거나 하는 거래를 체결할 때 남편이 근무를 하러 가야 한다면, 대리인이 계약을 체결하죠. 보통은 아내입니다."

그런데 그게 정상적인 거래라면 문제가 안 되지만 정상적이지 않은 경우, 그러니까 아내가 남편 몰래 남편 명의의 집을 팔아 버리는 경우도 있다.

물론 아내는 이혼에 대비해서 그 재산을 빼돌리는 것이 목적이겠지만…….

"선의의 제삼자로서 그 거래를 한 대상은 그 집에 대한 소유권을 정상적으로 취득한 것으로 인정됩니다."

"그래?"

"네, 아내라는 존재는 일반적인 부부 생활의 경우 남편의 대리인이 될 자격이 충분한 자리니까요."

물론 그 속임수를 쓴 아내의 경우 신의성실의원칙 위반으로 땡전 한 푼 받지 못하고 이혼당하겠지만 말이다.

"마찬가지입니다. 이런 사건의 경우, 우리는 선의의 제삼자가 됩니다."

대동은 연구자들에게 특허에 관련된 자료를 넘겼다.

그리고 그걸 사용하라고 권했다.

"중요한 건, 그들이 그 사용 목적에 대해 말하지 않았다는 거죠."

"그렇지, 그들이 말을 했다면 아무리 연구자들이 사회 경험이 없다고 해도 회사에 보고했을 테니까."

"여기서 문제가 발생합니다. 연구자들은 그걸 사용하라고 허락을 받았습니다. 그들은 연구자들에게 자료를 넘기고 그걸 대룡에서 사용할 수 있게 기술을 공개하라고 부탁했지요."

"그건 나도 알겠네."

"그런 경우 이건 일종의 사용 승인이라고 볼 수 있습니다."

"뭐?"

사용 승인이라니?

도무지 이해가 가지 않는 말이었다.

"어째서?"

"이 경우를 따져서 본다면 연구자들이 그걸 연구하는 것은 사실입니다. 그러면 연구자들이 연구하는 목적을 살펴야 합니다. 그 목적이 뭘까요?"

"당연히 우리 차세대 핸드폰에 적용하기 위해서지."

"맞습니다. 그게 목적이었지요. 그런데 그 조요진이라는 사람이 그걸 몰랐을까요?"

"그럴 리가."

"그런데도 우리에게 그 기술을 줬다는 것은, 사실상 기술에 대한 사용 승인을 한 셈입니다."

"오호?"

유민택은 눈을 반짝거렸다.

확실히 가능성이 있는 말이다.

자신들이 그 기술을 사용하지 않을 생각만 했지, 그 사용에 대한 정확한 법적 판단은 하지 않았다.

"만일 그들이 연구자들에게 그걸 이용해서 대룡을 함정에 빠트리겠다고 이야기했다면 법적으로는 문제가 되지 않습니다."

연구자들이 그들이 기술을 알려 준 목적에 대해 정확하게 인식하고 있었고 그걸 보고하지 않았으니까.

그러니 그 책임은 연구자들에게 있다.

"하지만 대동은 그걸 설명하지 않았지요. 그러면 연구자들이 생각하는 것은, 그 기술을 사용하는 데 아무런 지장도 없다는 것입니다."

"그리고 그건 사실상 사용 승낙이나 마찬가지라는 거군."

"그렇습니다. 이 경우 연구자들은 우리 대룡을 대표하는 존재가 되는 것이지요."

물론 월권행위이기는 하다.

하지만 월권행위라는 것은 사후 승인이라는 형태로 승낙을 할 수가 있다.

"우리가 만일 그걸 허락으로 받아들인다면?"

"그들은 그 기술을 사용하는 걸 허락한 셈이 됩니다."

"으음…… 묘하군."

노형진의 말에 유민택은 생각에 잠겼다.

물론 어떤 면에서는 말이 안 되는 이야기 같기도 하다.

하지만 어떤 면에서는 또 충분히 가능해 보인다.

"물론 추후 그 기술의 사용 허락을 취소할 수도 있습니다. 문제는 그 기술의 사용 허락이 어떤 형태냐가 관건이 되지요."

계약 기간이 존재하고 그 계약 기간이 지난다면, 명시적으로 그 사용 허가가 정지되거나 취소된 것으로 본다.

"하지만 그들이 그걸 줄 때 사용 기간을 명시한 적은 없지요."

"그건 확실히 법적으로 다퉈 볼 만한 사항이겠군."

"네. 그리고 유 회장님이 그러셨지요. 2년이면 신기술이 나온다고?"

"그 정도 안에 변화를 주지 못하면 요즘은 도태되니까."

"사용 허가가 나온 것으로 사실상 승인했다고 판결된다면, 그 기술의 사용 기간은 못해도 2년입니다."

일반적인 표준 계약을 기준으로 생각하면 5년 정도 될 것이다.

그리고 그 시간이면 그 기술의 혜택은 다 본 후이니, 그 뒤에는 그 기술은 낙후되어 사장되어 버릴 가능성이 높다.

현대의 과학기술, 특히 핸드폰 쪽의 발전은 어마어마한 속도를 자랑하니까.

"으음…… 묘하군."

"묘하지요. 하지만 가능하긴 합니다."

"하지만 내가 봐서는 그 작전에 심각한 오류가 있는데."

"조요진의 존재 말씀이시군요."

"그래."

조요진은 자신을 대동의 상무라 소개했다.

그리고 스카우트를 목적으로 그들을 포섭하는 거라고 했다.

"그 제삼자 보호인지 뭔지의 기본적인 조건은, 그 조요진 상무가 진짜로 대동의 상무라는 것을 인정할 때의 이야기이지 않은가?"

만일 조요진이 대동과 전혀 상관없는 사람이라면 이쪽은 본인 확인을 하지 않은 멍청이가 되며, 그건 결국 사용 허가가 떨어지지 않았다는 소리가 된다.

"그러니 저는 우리가 그 조요진 상무의 뒤를 털어야 한다고 생각합니다."

"조요진 상무의 뒤를?"

"그렇습니다."

조요진이 대동의 주요 핵심 인물이라는 것을 증명할 수 있다면 그 사람이 건넨 서류와 기술은 사실상 사용 허가라 볼 수도 있다.

"복잡하군."

"복잡하기는 하지만 충분히 가능은 합니다."

노형진은 유민택을 설득했다.

"설사 아니라고 해도 우리가 손해 볼 것은 없습니다."

"손해 볼 것은 없다?"

"그렇습니다. 그 조요진 상무가 대동에서 일한다는 것만 증명할 수 있다면 말이지요."

"하지만 그 조요진 상무라는 사람 말이야, 이미 도망가지 않았나?"

멍청이도 아니고, 아직까지 일하고 있을 가능성은 낮았다.

"이런 말 하긴 그렇지만 말이야. 이런 일을 할 때는 일반적인 사람은 안 쓴다네."

각 기업에는 더러운 일을 담당하는 사람들이 존재한다.

존재하지만 존재하지 않는 사람들.

그 조요진 상무라는 존재 자체가 공식적으로는 존재하지 않을 가능성이 높다.

"그러니 우리가 움직여야 한다고 생각합니다."

"우리가 움직인다?"

"지금 바로 소송을 걸면, 아마 그들은 조요진 상무라는 존재에 대해 부정할 것입니다."

"녹음 기록이 있다면서?"

"녹음 기록은 조요진이 자신이 대동의 상무라고 주장하는 것에 대한 증거이지 그 사람이 진짜 대동의 상무라는 증거는 아니지요."

"으음……."

"그런 경우 대동은 사칭으로 몰고 갈 가능성이 높습니다."

"결국 조요진 상무가 대동에서 일하는 것을 증명하는 게 관건이겠군."

"네, 맞습니다."

유민택은 잔뜩 얼굴을 찌푸렸다.

그게 쉬울 리 없다.

어둠의 부서라는 말이 괜히 생긴 말이 아니다.

조요진 상무는 정식 부서가 아닌 다른 곳에서 일하는 사람일 가능성이 높을 것이다.

"대동이 쉽게 인정하지 않을 텐데."

"그러니까 중요한 겁니다. 조요진 상무가 대동을 위해 일했다는 것 자체만 증명한다면 상황이 바뀌는 거지요."

유민택은 잠깐 고민을 하다가 고개를 끄덕거렸다.

"안 그래도 우리 쪽도 답이 안 보여서 고민 중이었네."

이 문제가 해결되면 대룡의 핸드폰 사업은 한 걸음 더 발전할 수 있을 것이다.

"그러면 그 조요진 상무라는 사람이 대동에서 일하는 것을 증명하는 것이 관건인데, 어찌 증명하겠는가? 아까도 말했지만……."

"알고 있습니다."

조요진 상무는 자신의 신분을 흘리고 다니는 사람이 아니다.

이미 몇몇 연구자들이 조요진 상무에게 다시 연락을 시도했지만 이미 없는 번호라고 떴다.

"설사 접촉한다고 해도, 조요진 상무는 모르는 일이라면서 잡아뗄 겁니다."

"그걸 인정하지 않고?"

"네, 인정했다가는 피해가 커지니까요."

"그러면 돌고 돌아서 처음인데?"

"돌고 돌아서 처음은 아닙니다."

노형진은 미소를 지으며 말했다.

"그 어떤 사람도 오직 혼자서 일하지는 못하니까요."

"그건 그렇지."

"그리고 그건 저도 마찬가지입니다, 후후후."

손채림은 조요진 상무의 뒤를 조용히 캐고 있었다.

조요진은 자신의 신분을 철저하게 감출 수 있다고 생각했
겠지만, 녹음까지 된 상황에서 새론의 추적을 피하는 것은
한계가 있었다.

"대부분의 사람들은 핸드폰을 대포폰으로 만들면 어지간
해서는 피할 수가 있다고 생각하지만 말이지요."

고문학은 손채림과 함께 조요진의 뒤를 캐면서 느긋하게
따라가고 있었다.

"그러면 모든 범죄는 다 안 잡힐 겁니다."

그는 식당에서 느긋하게 밥을 먹으면서 40대 여성을 바라
보았다.

조요진. 이번 사건의 주범.

"전형적이네요."

"전형적이라고요?"

"네, 딱 상대방에게 호감을 얻기 좋은 사람입니다."

40대의, 상당한 미모를 가진 여성.

얼마나 관리를 잘했는지, 얼핏 보면 30대 초반이라 해도 믿을 정도의 외모.

"거기에다가 여성이라는 점 때문에 방심하게 되죠. 그렇다고 나이가 어린 것도 아니라서 아예 철없다는 느낌도 없고."

고문학은 조요진을 보면서 눈을 이글거렸다.

"딱 이런 일을 하기 좋은 신분입니다."

"으음……."

"다만 아예 이쪽으로 훈련받은 부류는 아닌 것 같아요."

"그래요?"

"네, 안 그랬으면 핸드폰을 꺼 놨겠지요."

고문학이 그녀를 추적한 방법은 간단했다.

자주 가는 곳을 추적한 것.

"전문가라면 이동하는 내내 전화기를 꺼 놨을 겁니다."

물론 지금은 일이 터지자 바로 조요진은 핸드폰을 폐기했다.

하지만 그녀는 일을 하는 당시에는 핸드폰을 켜 놨기에, 그 기록만 보면 어느 곳에 자주 가는지 특정하는 것이 어렵지 않았다.

"그들과 만나지 않은 식당을 고른 건요?"

"조요진은 스파이입니다. 자기 동선을 드러내고 싶지 않았겠지요."

그래서 연구자들과 가지 않은 식당을 추려 냈는데, 그중 한 곳이 바로 이곳이다.

"그 말은, 이곳이 저 여자가 개인적으로 오는 단골이라는 소리고요."

물론 이 정도 기록을 빼내는 게 쉽진 않았다.

하지만 정보 팀에서 일하는 고문학에게 그 정도 능력은 있었다.

"아마 첫 번째 접촉한 사람은 남자일 겁니다."

"에? 그건 어떻게 아세요? 맞아요, 남자."

"척 보면 착이지요."

다짜고짜 접근해서 기술을 넘기겠다고 하면 누가 믿겠는가?

"저 정도 외모면 접근 방식은 정해져 있습니다."

슬쩍 접근해서 좋은 관계를 가진다.

그 과정에서 미인계를 통해 육체관계까지 간다.

그 후에 슬쩍 정보를 흘리기 시작한다.

"연구자들은 이성에 관해 의외로 숙맥들이 많아요. 그래서 좀 잘해 주고 육체관계 몇 번 해 주면 홀딱 넘어옵니다."

"아아아."

"그래서 스파이가 사라지지 않는 거고요."

물론 나중에 그 연구자가 사실을 알았을 때는 이미 빠져나갈 수 없는 수렁에 빠진 셈이 되었을 것이다.

그러니 그녀의 협박에 어쩔 수 없이 동료를 소개시켜 줬을 테고.

"남자 몇 명 꼬신 후에는 여자 꼬시는 건 일도 아니죠."

동료 연구자가 신분을 보증하는 사람이니 여자 연구자들도 믿고 만났을 테고.

"잘 아시네요."

"산업스파이들의 전형적인 방법 중 하나입니다. 다만 정보를 건네는 데 쓸 줄은 몰랐지요."

고문학은 어깨를 으쓱했다.

"어떻게, 지금 바로 잡으시겠습니까?"

고문학은 슬쩍 문 바깥을 바라보았다.

지금 바로 잡으라고 하면 잡을 수 있는 사람들이 이미 기다리고 있었다.

하지만 손채림은 고개를 흔들었다.

"아니요. 그랬다가는 우리가 불리해요. 우리는 저 여자가 대동과 관련이 있다는 걸 증명해야 해요."

"하지만 그녀는 공식적으로 대동과 관련이 없습니다."

공식적으로 그녀는 엔타운트라는 중소기업의 상무다.

"하지만 엔타운트는 하는 일이 명확하지 않죠?"

"네."

공식적으로 엔타운트는 헤드헌팅 기업이다.

즉, 유능한 사람들을 스카우트해 주는 그런 곳.

그렇다 보니 실적을 확인할 수도 없다.

한국의 특성상 그런 곳이 크게 이득을 보기 힘든 것도 사실이고.

"결국 그들이 대동과 관련이 있다는 걸 증명해야 한다는 건데."

입술을 깨무는 손채림.

자신의 업무는 여기까지다.

그녀를 찾아내고, 그녀에 대한 모든 것을 알아내는 것.

"언젠가는 방법이 생기겠지요. 그나저나 어떻게 아신 겁니까? 그런 건 정보가 안 나올 줄 알았는데요."

"깜짝이야!"

갑자기 나타난 노형진이 맞은편에 앉자 놀라서 손채림은 하마터면 소리를 지를 뻔했다.

"야! 알아보면 어쩌려고?"

"알아봐도 상관없어. 아니, 내가 끼어들 거라는 건 예상하고 있을걸."

다행인지 불행인지, 조요진은 밥 먹는 데 신경 쓰느라고 이쪽을 인식하지 못하고 있었다.

"일단 다 알아내기는 했어. 그런데 왜, 어쩌려고?"

"어쩌긴, 조요진을 흔들어야지. 아까도 말했지만 조요진이 대동과 관련이 있다는 사실을 증명해야 해."

"무슨 수로? 이미 며칠간 그녀를 따라다녀 봤어."

하지만 그녀는 대동 쪽으로는 접근도 하지 않았다.

물론 통화하는 걸 들을 수 있다면 좋겠지만, 한자리에서 통화하는 경우도 드물었고

거기에다가 그녀가 본사인 대동에 접근하는 일은 더더욱 없었다.

"한 건이 끝났으니 일단은 조용히 입 다물고 있을 겁니다."

고문학도 그럴 거라는 듯 담담하게 말했다.

"저런 자가 연속해서 일하는 경우는 없습니다."

"유 회장님도 그러더군요."

대룡이라고 해서 마냥 바른 것도 아니다.

그쪽에도 저런 음모를 꾸미는 사람이 없지는 않을 것이다.

"아마 1년간은 대동 쪽으로 눈도 안 돌릴 겁니다."

설사 한다고 해도 제삼자를 통해 연락을 받으면서 조용히 일할 것이다.

"압니다. 그건 이제 방법을 찾아야지요. 그나저나 진짜로 어떻게 아신 겁니까?"

노형진은 이미 그녀가 미인계를 이용한 것을 알고 있다.

연구원들의 기억도 읽은 데다가 그들이 내놓은 자료도 봤으니까.

"뭐, 흔한 일입니다. 산업스파이들이 가장 많이 쓰는 것이

미인계이니까요."

"아아."

"그나저나 방법을 찾으신다더니요?"

"그래서 제가 온 겁니다. 찾았거든요."

"네?"

"저 사람이 대동과 관련이 없는 거죠?"

"현재로써는요."

"그렇다면 그녀가 대동으로 가게 만들어야지요."

"대동으로 가게 한다고? 무슨 수로?"

"대동이 신씨 일가의 회사는 아니잖아? 물론 운영진이 그
들 일가이기는 하지만, 그들이 100% 소유한 건 아니지."

"그렇지."

"대동에 투자한 사람들이나 투자사들이 많지?"

"그렇지."

"그들 입장에서 저 여자는 뭘까?"

"뭔데?"

"산업스파이."

"……!"

손채림의 머릿속에서 번개가 번쩍했다.

이쪽 입장만 생각하고 있어서 몰랐는데, 생각해 보니 그렇다.

대동 입장에서 그녀는 기술을 빼낸 산업스파이다.

"우리는 그녀를 산업스파이로 고발하지 못해. 하지만 대

동은 그녀를 고발할 수 있지."

이미 특허가 있는 기술이라고 하지만, 전반적인 모든 내용 전부를 공개하기 위해서는 내부에 접근해야 한다.

"대동이 고발하지는 않을 텐데요?"

고개를 갸웃하는 고문학.

자기네 스파이를 자기들이 고발할 가능성은 낮다.

"대동 입장에서는 그러겠지요."

하지만 주주는 아니다.

비싼 돈을 주고 산 기술을 복제해서 넘겨 버렸다.

그리고 대룡은 그걸 무료로 뿌려 버렸다.

"지금 대동은 그 일로 인해 적지 않은 피해를 본 셈입니다."

"응? 아니, 사실상 피해 본 건 없잖아?"

그 기술이 제품에 적용되기 전에 이미 자기들 기술이라고 공개했으니 딱히 손해 본 것은 없다.

"맞아, 없지. 하지만 대주주들은 아니야. 아니, 설사 손해가 없다고 한다고 할지라도, 대주주들 입장에서는 이런 일이 다시는 발생하지 않도록 해야 해."

"그러면?"

"그래. 대주주들은 대동에 그녀에 대한 고발을 요구할 수 있어."

노형진은 눈을 반짝거렸다.

"그리고 대동은 그걸 받아들일 수 없고 말이야."

결국 그 둘의 이해관계가 충돌할 수밖에 없었다.

"설마…… 그래서 공짜로 뿌리라고 한 거야?"

"그건 아니지만. 어찌 되었건 써먹을 수는 있잖아."

이쪽에서 손 털고 나갔으면, 개발비만 날리고 끝나는 일이 었을 것이다.

하지만 이쪽은 모른 척 해당 기술을 무료로 공개했다.

그리고 대동은 그걸 자기 기술이라고 주장했고.

"그러면 주주들이 알게 되는 거지."

지금까지 함정 판 것을 모르는 주주들이 과연 무슨 말을 할지는 뻔했다.

"그리고 나는 그 주주들 중 한 명이고 말이야, 후후후."

⚖

대동의 주주들을 모으는 건 어려운 일이 아니었다.

사실 노형진도 일부지만 주식을 가지고 있다.

대동이 당장 무너질 기업도 아니고, 돈이 되는 기업인 것은 사실이며 만일의 경우 주주의 권한을 행사하기 위해서였다.

노형진이 나서서 주주들을 설득하기 시작하자 대주주들은 발끈하면서 동의서에 사인해 줬다.

"산업스파이에 대한 처벌을 요구하는 바입니다."

"무슨 스파이?"

노형진이 직접 찾아오자 신동우는 기가 막혔다.

자신의 가장 큰 적의 변호사가 자신을 찾아올 줄은 생각하지 못했던 것이다.

그런데 그의 요구는 너무 합당함과 동시에 당혹스러운 것이었다.

"이 서류 안에는 조요진의 산업스파이 행위에 대한 증거들과 그로 인한 추산 피해액이 들어 있습니다. 우리 주주들은 이러한 피해를 그냥 넘어갈 수 없습니다. 조요진을 산업스파이 혐의로 고발하고, 그에 대한 손해배상 청구 소송을 진행해 주십시오."

"아니, 그게 무슨 말도 안 되는 소리야!"

"뭐가 말이 안 된다는 거죠? 우리 기술이 대룡에 넘어간 건 다 아는 사실 아니었나요?"

신동우는 말문이 막혔다.

다 아는 사실이다.

대룡이 기술을 공개하는 바람에 익히 알려진 사실.

"그리고 조요진이, 대룡에 우리 기술을 넘겼고요."

"그건……."

그는 차마 자기가 그렇게 명령했다고 할 수가 없었다.

그러는 순간 자신이 산업스파이 혐의를 뒤집어쓸 테니까.

물론 그 정도로 잘리지는 않겠지만, 후계자 싸움에서 심각한 약점이 될 것이다.

"그녀는 우리의 기술을 알아내서 대동에 넘겼습니다. 그런 만큼 그 배후를 철저하게 조사해야 한다고 생각합니다."

노형진은 당당하게 주주로서의 권리를 행사했다.

그걸 본 신동우는 침을 꿀꺽 삼켰다.

'이런 말도 안 되는 소리가……'

문제는 노형진의 말이 맞다는 것이다.

사실 지금쯤 자신들은 조요진에 대해 손해배상 및 산업스파이 혐의로 고발을 진행했어야 했다.

"왜 그녀를 고발하지 않으시죠? 뭔가 문제라도 있습니까?"

"그건……."

말을 하지 못하는 신동우를 보면서 노형진은 미소 지었다.

'그래, 말할 수가 없겠지.'

배신을 당하는 순간 그녀는 노형진과 사람들에게 자신이 산업스파이가 맞다고 주장할 것이다.

다만 그 명령의 주체는 대동이 될 것이다.

"그건 월권입니다."

"범죄자를 처벌하는데 월권이라……. 꼭 그녀를 처벌해서는 안 되는 이유라도 있는 것처럼 말씀하시네요. 그리고 우리는 월권한 적이 없습니다."

주주라는 것은 그 회사의 권리를 가진 사람.

그 권리로 부정한 짓을 한다면 명백하게 월권일 것이다.

하지만 이 상황에서 노형진은 다른 짓을 저지른 게 아니라

산업스파이에 대한 처벌을 요구했다.

'그래, 받아들여도 문제, 안 받아들여도 문제가 될 테지.'

받아들이면 그녀가 신동우를 배신할 가능성이 높다.

반대로 받아들이지 않으면, 주주들이 신동우를 의심하며 공격할 가능성이 높다.

'이미 증거는 모아 놨지.'

그녀가 자료를 넘겼다는 사실을 증명할 것은 많다.

그리고 그 책임은 오로지 그녀의 책임이다.

"고발을 안 해 주실 겁니까? 만일 안 하신다면 저희가 고발을 진행하겠습니다만."

"그게 가능합니까?"

"범죄의 피해자라면 충분히 가능하지요."

물론 고소는 범죄의 직접적인 피해자가 가능하다.

"하지만 고발 자체는 누구나 할 수 있지요."

말 그대로 신고하는 행동이니까.

'설마 자기 작전에 자기네 주주가 태클을 걸 거라고는 생각도 못 했겠지.'

대부분의 주주들은 회사의 경영에 관심이 없다.

그런 걸 판단하라고 전문 경영인을 두는 것이고.

그러나 주식이라는 것 자체가 그 회사의 권리다.

즉, 권리가 있는 이상 이쪽이 고소해도 문제가 없다.

"그건……."

"아, 그리고 그 경우, 이 문제를 다른 주주들에게 말하겠습니다."

신동우는 이를 빠드득 갈았다.

"알았습니다. 저희가 진행하겠습니다."

"그럼 잘 부탁드립니다."

노형진은 미소를 지으면서 자리에서 일어나 문을 나섰다.

"개자식."

노형진이 나간 문을 바라보면서 신동우는 이를 악물었다.

자기네 주주들에게 이 정보를 흘릴 거라고는 꿈에도 생각지 못했다.

그는 전화기를 들어서 누군가에게 이야기를 꺼냈다.

"당장 들어오라고 해!"

⚖️

"진짜로 고발을 할까?"

"안 할걸. 할 수가 없지. 애초에 산업스파이로는 처벌 못 해. 뻔하잖아? 시간 끌면서 무마하겠지, 뭐."

너무나 당연한 그들의 선택이다.

"다른 방법도 있잖아. 제가 책임지고 학교에 다녀오겠습니다 같은 거."

산업스파이를 할 정도라면 충성심은 충분히 검증된 상황

이다.

그러니 그럴 가능성 또한 충분히 존재한다.

"그럴 수도 있지. 하지만 상관없어. 중요한 건 그녀가 대동 소속이냐 아니냐거든. 그건 끝까지 부정하겠지. 그녀 입장에서는 대동에서 근무한 것도 부정할 테고."

"그게 무슨 말이야?"

"고발을 피할 수는 없어. 그러면 대동은 어떤 행동을 취할까?"

그들은 똑똑하다.

고발하지 않으면 그 화살이 고발하지 않는 수뇌부로 향할 거라는 걸 안다.

"책임지고 감옥에 갈 수도 있겠지. 하지만 그들은 내 전적을 대충은 알 거야."

그리고 이와 비슷한 사건이 있었다는 것도 안다.

"그때 나는 가족들을 족쳤지."

"아, 그랬지. 맞아, 기억난다."

성화에서 누군가 죄를 뒤집어쓰고 감옥에 가게 되었을 때, 노형진은 그를 내버려 두고 가족을 흔들었다.

그가 책임지고 감옥에 가는 것은 개인의 선택이지만, 그 선택으로 인해 가족은 몰락 정도가 아니라 파멸할 수밖에 없었다.

그래서 가족들은 노형진을 도와서, 그 죄가 회사의 명령 때문이라는 것을 입증하는 데 도움을 줬다.

"이번에도 마찬가지야."

당사자는 회사에 충성심을 가지고 있겠지만 가족들은 아니다.

"이번에도 가족들을 흔들 거야?"

"아니. 아까도 말했지만 그들은 나에 대해 알고 있어."

그러니 가족들도 건드리지 못하게 할 것이 뻔하다.

"그럼 남은 건 하나뿐이지. 그녀를 도주시키는 것."

고발하기 전에 그녀가 도주하면 이쪽에서는 어쩔 수가 없다.

"그런가?"

"그래. 그들은 가족과 함께 그녀를 도주시킬 거야."

"하지만 어디로?"

한국의 힘이 미치지 않는 곳.

그리고 대동이 그들을 보호할 수 있는 곳.

"일본이지."

일본은 대동의 본사가 있는 곳이다.

그리고 조사에 따르면, 조요진은 일본에서 공부한 대동 장학생 출신이다.

"거기에다 남편까지 일본 사람이란 말이야."

일본은 한국과도 가까워서 충분히 왕복도 가능하다.

"도주하면 보통은 사건이 정지될 거야."

하지만 대동의 힘이면, 시간이 지나면 흐지부지 만드는 게 어렵지 않다.

길어 봐야 1년.

그때쯤이면 주주들도 잊어버릴 테고.

그 후에 사건이 무마되면 한국으로 돌아오는 것은 어려운 일이 아니다.

"그러면 어떻게 해?"

"그들이 한 가지 실수한 게 있어."

"뭔데?"

"고소는 피해자 주소지에도 넣을 수 있다는 거."

그리고 대동의 본사는 다름 아닌 일본이다.

"이미 일본에서 조요진을 고발해 놨지."

즉, 조요진은 일본에 들어가는 순간 바로 체포당하도록 되어 있었던 것.

"애초에 일본으로 보낼 생각이었구나."

"그래."

"하지만 그런다고 그녀가 일본에서 입을 열까?"

"아니, 안 열겠지, 일반적인 경우라면. 하지만 입을 열 사람은 따로 있어."

"따로 있다고?"

손채림은 이해가 가지 않아서 고개를 갸웃했다.

"체포당해서 아무 곳에도 가지 못하게 되면, 그녀는 자신의 처지를 알게 될 거야, 후후후."

조요진은 심장이 미친 듯이 뛰었다.

일본에 도착하자마자 그녀는 본사의 도움을 받아서 은신했다.

거기까지는 평범했다.

하지만 그 현장에 경찰이 들이닥치는 것은 전혀 예상하지 못한 부분이었다.

"이런, 이런. 조요진 씨. 여기까지 도망치는 게 힘들었을 텐데요."

"당신은……."

조요진은 노형진의 얼굴을 알고 있었다.

만나면 무조건 자리를 피하라고 교육받은, 대룡의 전담 변호사.

그가 일본에 등장한 것은 전혀 예상하지 못한 일이었다.

"당신이 어떻게……?"

"어떻게는요. 당신이 숨으면 찾으려고 왔지요."

"뭐라고요?"

"당신이 일본으로 올 거라는 것은 알고 있었습니다."

문제는 그녀가 일본으로 올 때 숨을 만한 곳이 없다는 것이다.

본인 카드를 쓰면 분명히 추적될 테니까.

그래서 그녀가 은신할 수 있도록 대동에서 신경을 써 줬다.

"그리고 그게 대동과 당신의 관계를 증명할 가장 확실한 증거일 테지요."

"말도 안 되는 소리!"

그녀는 소리를 버럭 질렀다.

"난 대동과 아무런 관련도 없어!"

"그래요? 하지만 당신이 여기에 숨어 사는 데 들어가는 모든 비용을 대동이 쓰고 있다는 증거가 있는데?"

그러면서 노형진은 경찰에게 제압당해서 이쪽을 노려보고 있는 직원들을 바라보았다.

"저 직원들의 품에서도 대동의 사원증과 명함이 나왔는데요. 이 숙소도 대동이 잡아 줬고요 식비도 대동이 내주고 있는데, 당신과 대동은 아무런 관련이 없으시다?"

"큭."

조요진은 당황했다.

너무 다급했다.

은밀하게 움직였어야 했는데 고발을 피하기 위해 급하게 오다 보니 대동이 외부에 드러나 버렸다.

"설마 한국이 아니라 일본에서 수사할 거라고는 생각도 못 했겠지요."

노형진은 어깨를 으쓱했다.

물론 대동이 미리 알고 있었다면 이런 실수를 하지 않았을 것이다.

하지만 워낙 다급하게 벌어진 도피인 데다가 은밀하게 벌어진 일이라, 정작 경찰은 그녀가 누구의 보호를 받는지 몰랐다.

"이런다고 내가 처벌받을 것 같아?"

조요진은 노형진을 바라보면서 코웃음을 쳤다.

"여기는 일본이야! 네놈은 한국 변호사고!"

그녀는 당당하게 외쳤다.

그리고 노형진은 수긍했다.

"맞아요. 저는 여기서 힘을 못 쓰죠."

그에 반해 대동은 여기가 본진이다.

아직 정보가 흘러가지 않아서 경찰이 그녀를 체포하기는 하지만, 대동의 본사에 정보가 들어가는 순간 그녀는 풀려날 것이다.

"뭐, 그건 상관없습니다. 당신이 대동 출신이라는 것을 알려 줄 사람은 따로 있거든요."

"뭐?"

"당신 아들과 남편이지요."

"무슨 개소리야?"

자신의 남편과 아들이 왜 자신을 배신한단 말인가?

아니, 아들은 아직 나이가 어리니 남편이 배신한다는 뜻인데, 그럴 이유가 없다.

"왜긴요. 돈 때문이지."

"돈?"

"네. 이혼할 때 가능하면 월급 많이 받는 쪽에 계시는 것이 그 배상금도 더 많이 받지 않겠습니까?"

"이혼? 하! 웃기는군. 이혼을 누구 마음대로?"

물론 자신이 스파이 노릇을 한 것은 사실이다.

하지만 그건 어디까지나 대동에서 고발할 문제이지, 노형진이 터치할 부분이 아니다.

"잠깐 시끄럽겠지만 결국 흐지부지될 거야."

노형진은 그 말을 부정하지 않았다.

자신이 주주이기는 하지만 많은 주식을 가진 것은 아니다.

거기에다 다른 주주들이 이런 소송에 크게 관심을 가지는 것도 아니고.

그녀가 한 행동이 산업스파이 짓이기는 하지만, 정작 대동이 처벌하겠다는 의지를 그다지 보이지 않는다면 크게 처벌받을 일은 없다.

"뭐, 당신이 뭘 하든 전 상관없습니다. 당신을 처벌할 생각은 없거든요."

"뭐라고?"

"사실 당신 덕분에 저희가 돈을 아꼈으니 처벌보다는 감사를 해야겠지요."

노형진의 말에 조요진은 불안감이 스멀스멀 몰려왔다.

절대 대꾸하지도 말고 싸우지도 말 것.

그게 노형진에 대한 지침이었다.

그런데 안 할 수가 없다.

도피할 수도 없고 말이다.

그녀는 최대한 마음을 다잡았다.

"마음대로 해. 나는 아무 말 안 할 테니까."

"그러니까 당신은 아무런 말씀을 하실 필요가 없다니까요."

노형진은 씩 웃으며 문 바깥으로 손짓을 했다.

"아시겠지만 일본의 재판부는 불륜을 저지른 당사자에게 좀 가혹하게 판결하는 성향이 있습니다. 특히나 그게 주변에 피해를 준 경우에는 더더욱 그렇지요. 거기에다 불륜이 한 건도 아니고 수십 건이라면 뭐, 아시죠?"

잠시 후 줄줄이 들어오는 남자들.

그들을 본 조요진의 얼굴이 창백해졌다.

그 숫자만 무려 열 명. 그들은 연구원이었다.

그리고 그녀와 잠자리를 같이한 사람들이었다.

"당신은 입을 열지 않을 겁니다. 하지만 당신 남편은 열겠지요."

일본은 불륜 처벌이 없다.

하지만 보수적인 일본 법원은 불륜으로 이혼하는 소송이 들어오면 바람피운 사람 쪽에 거의 재산을 남기지 않는 편이다.

"이야, 남편 말고 남자가 열 명이라……. 이거 한 푼이나 건지겠습니까?"

"너, 너……."

부들부들 떠는 조요진.

그녀는 소리를 지르며 저항하려고 했다.

"증거 있어? 증거 있느냐고!"

"증거라……."

노형진은 히죽 웃으면서 핸드폰을 들었다.

그리고 그녀의 귀에 대고 녹음 파일을 틀어 줬다.

"물론 대동 소속이라고 한 거야 당신이 사칭한 거라고 할 수도 있지요."

소리가 길어질수록.

그리고 거기서 농염한 자신의 목소리가 들려올수록 조요진은 기운이 빠졌다.

"하지만 불륜으로서의 증거는 충분하다고 생각하는데요."

"……."

"이공계 애들, 의외로 머리가 좋아요. 사람한테 걸리지 않을 정도의 녹음 기술을 가지는 건 어려운 것도 아니지요. 뭐, 마이크만 떼어 내서 감추면 그만이니까."

노형진은 절망한 조요진에게 나지막하게 말했다.

"남편분 입장에서는 당신이 대동에 다닌다는 걸 인정하고 그 기록을 내놔야, 가능하면 많은 배상을 받아 낼 수 있을 겁니다."

창백하게 변하는 조요진.

"물론 소송은 당신만을 향한 게 아닐 겁니다."

노형진은 씩 웃었다.

"이분들은 일본 방송과 인터뷰할 겁니다. 당신과 잠자리를 같이했으며, 당신 잠자리 스킬이 어쩌고저쩌고하며 떠들겠지요. 기업의 명령에 따라 잠자리를 같이했으니 그 배상 책임은 당연히 대동이 지게 될 겁니다. 이참에 남편분도 제법 두둑하게 받아서 챙기실 수 있겠네요."

한국 같으면 방송에 나갈 수 없는 내용이다.

하지만 일본은 아니다.

방송에서 공공연하게 여자 엉덩이와 가슴을 보여 주는 곳이 일본이다.

그 정도는 자극적인 것도 아니다.

"그리고 당신이 대동의 명령에 따라 이들과 잠자리를 했다는 식으로 이야기하게 될 겁니다."

한국어로 말하고 있기 때문에 다른 경찰들은 상황을 이해하지 못하고 있었다.

하지만 조요진은 손이 부들부들 떨렸다.

"당신 남편이 증언할 테고 말이지요. 과연 일본이라는 나라가 어떤 식으로 반응할까요? 아까도 말했지만 참 신기한 게, 일본은 성진국이라 불리면서도 또 이런 건 보수적이란 말이지요."

기업 차원에서 명령으로 불륜을 조장하고 다른 남자들과 잠자리를 하라고 했다는 주장.

자극적인 것이라면 환장하는 일본 방송이 놓칠 만한 주제가 아니다.

"거기에다 다른 여직원에게도 공공연하게 그런 명령이 떨어졌다는 소문이 돌면 어떻게 될까요?"

"말도 안 되는 소리!"

"말도 안 되는 소리라고 생각하세요?"

노형진은 그녀의 앞에 쭈그려 앉았다.

"장안에서 호랑이가 나타났다고 한 명이 말하면 믿지 않고 두 명이 말하면 반신반의하지만, 세 명이 말하면 사실이 되지요."

그녀의 눈을 똑바로 바라보는 노형진.

"일본은 잘 모르겠습니다. 하지만 제가 알기로 한국에서는 상부에서 성추행이나 강간 사건이 제법 있지요, 얼마 전에도 부장 한 명이 호텔로 나오지 않으면 자른다고 했다는 소문이 있던데?"

"……."

한국 대동이라고 해도 결국 대동은 대동이다.

"일본이라고 아닐까요? 제가 그런 사람 몇 명 찾아내지 못할 것 같나요?"

조요진은 완전히 정신이 나가 버렸다.

일본은 이런 문제에 대해 한국보다 더하다.

심지어 공중파에서 정치인이 아나운서를 성추행하자 그 아나운서가 다음 날 잘리는 곳이 바로 일본이다.

"여직원에게 공공연하게 잠자리를 요구하는 회사, 대동. 멋지지 않아요?"

노형진은 미소를 지었다.

"내가 왜 당신을 일본까지 끌어들였는데."

한국 같으면 이런 건 보도되는 순간 묻혀 버릴 수 있다.

그건 어렵지 않다.

물론 일본 방송도 대동과 붙어먹는 건 간단하다.

"하지만 일본에도 인터넷은 있지요."

극우 애들이 그걸 퍼 나르기 시작하면 인터넷에 퍼지는 것은 순식간일 것이다.

"일본은 평판에 아주 예민하죠. 다른 사람에게 민폐를 끼친 기업은 살아남기가 아주 힘들 정도로요."

일본은 이지메 문화가 강하다.

속된 말로 찍히면 죽는 문화를 가진 곳이 바로 일본이다.

"안 그래도 대동은 이미 한번 일본 국민들에게 찍히지 않았던가요?"

"……."

지난번에 대동은 일본 천재들에게 투자하지 않아서 제대로 찍혀 버렸다.

그래서 극우들이 눈에 불을 켜고 노리고 있는 기업이다.

그때도 적지 않은 돈을 뿌려서 간신히 입을 틀어막았다.

"회사 차원에서 한국인에게 성 상납을 했다라……. 일본인들이, 그것도 극우 일본인들이 뭐라고 할지 궁금합니다. 아, 그러고 보니 일본에서는 범죄자 입국을 철저하게 막지요? 아드님에게 마지막 인사를 하셔야 할 겁니다. 한국으로 추방된 후에는 다시는 아드님을 못 보실 테니까요, 후후후."

노형진은 미소를 지었고, 조요진은 상대가 너무나 무섭다는 생각을 처음으로 하게 되었다.

⚖

결국 조요진은 자신이 대동 출신이라는 것을 인정했다.

아니, 할 수밖에 없었다.

그녀는 어찌 되었건 대동에 충성심을 가지고 있는 사람이고, 대동이 몰락하는 것을 두고 볼 수는 없었다.

거기에다 그곳에 속한 사람이라는 것만 인정하면 남편에게 알리지 않겠다는 약속에, 그녀는 어쩔 수 없이 그걸 인정할 수밖에 없었다.

물론 그 사실을 보고하기는 했다.

하지만 본사도 제대로 물려 버린 상황에서 그걸 거부할 수는 없었다.

"소송으로 갈까요?"

노형진은 신동우를 바라보면서 물었다.

"이미 그녀가 이곳에 속해서 일했다는 것을 알아냈습니다. 그리고 당신의 명령으로 그 기술을 건넸다는 것도 알아냈지요."

"……."

"당신이 원한다면 소송으로 가겠습니다."

신동우는 이를 빠드득 갈았다.

"하지만 그 이후에 어찌 될지는, 조요진 상무에게 들었을 텐데요? 한국인에게 성 상납을 한 자랑스러운 일본 회사가 되는 거죠."

사실 대동은 오너가 한국인이라는 것을 감추려고 노력하는 편이었다.

그래야 일본에서 제대로 활동할 수 있으니까.

그래서 그들도 일본에서는 일본 이름으로 활동한다.

"하지만 이번 기회에 당당하게 커밍아웃을 해 보는 건 어떠신지요? 원래 한국인이 운영하는 한국 회사다, 그리고 한국에 기술을 공짜로 넘기고 여자도 넘겼다고요."

"개자식."

그렇게 된다면 안 그래도 반한 감정이 넘치는 일본에서 치명적인 손해를 볼 수도 있다.

"물론 대룡은 소송을 통해 그 기술을 사용해도 그만입니다."

이미 신동우가 그 기술을 이용한 함정을 판 것에 관련된 증거를 다 구했으니까.

"당신은 일본으로 대피시키면 다 해결될 거라고 생각했겠지만요."

홈그라운드라고 하지만 대동의 특수한 신분상 마냥 홈그라운드일 수는 없다.

"뭘 요구하는 거냐?"

"간단합니다. 대룡이 그 기술을 사용할 권리를 얻어 내는 것. 정확하게는 그 기술의 사용권입니다. 그 기간은 10년."

"미쳤군."

"저희는 그럴 만한 권한이 있을 텐데요?"

노형진은 신동우를 바라보면서 배시시 웃었다.

"안 그러면, 진짜 모조리 까발리고 싸워 볼까요?"

"일본에서 그걸 놔둘 거라 생각하나?"

"일본에만 알려지지 않으면 되나요? 미국이나 프랑스 같은 곳에서는 아주 난리가 날 텐데요."

직원에게 성 상납을 요구하는 회사.

그런 회사가 전 세계적으로 어떤 지탄을 받을지는 모를 일이다.

"그리고 대룡은 다른 건 몰라도 그 정도는 이슈화할 수 있는 힘이 있습니다."

"으음……."

"달라는 것도 아닙니다. 원하면 합당한 가격을 내드리지요."

물론 그 합당한 가격은 대룡 입장에서다.

대동 입장에서는 터무니없는 가격일 것이다.

"아니면 다 까발리고 가시든가요."

만일 그게 까발려지면?

아마 손실이 몇조 단위가 나올 것이다.

일본에서의 사회적 이미지는 돌이킬 수 없는 지경으로 떨어질 테고.

"제가 알기로는 한국인이 운영하는 기업이라는 사실을 감추기 위해 제법 노력하고 있으실 텐데요?"

"……."

"원하는 대로 하시면 됩니다. 어차피 소송해도 대룡이 이기는 건 아시죠? 당신이 주라고 명령하셨잖습니까?"

한국 대표가 주라고 해서 줬고 그걸 받아서 썼으니, 대룡은 법적으로 아무런 문제가 없다.

"흥, 그런 건 나중에 다시 불허하면 그만이라는 거 모르나?"

권한이라는 것은 나중에 바꿀 수 있는 것이다.

조건을 달지 않고 줬으니, 조건 없이 회수해도 문제 될 게 없다.

"압니다. 그래서 당신들이 그런 함정을 판 거겠지요."

공장이고 물건이고 다 만든 후에 사용 금지를 하려고 말이다.

"그래서 제가 10년간의 사용 허가를 요구하는 것이고요."

노형진은 싱글거리면서 말했다.

"뭐, 원하는 대로 하시면 됩니다."

자존심이냐, 아니면 조 단위의 피해냐.

결국 답은 정해져 있었다.

"언젠간 후회하게 될 거다."

결국 그는 사용 허가서에 도장을 찍을 수밖에 없었다.

수십억을 주고 사 온 기술을 그냥 털리게 생겼으니 속이 쓰리다 못해 죽을 것 같았지만, 본사에 타격을 주면 손해가 문제가 아니라 자신의 후계자 자리가 위험해진다.

그걸 알기에 노형진은 당당하게 얼굴을 드러내고 접근한 거고.

"글쎄요, 그건 모르죠."

노형진은 신동우를 바라보면서 말했다.

"하지만 당신도 후회하지 않을 수는 없을 것 같네요. 지금 이 순간도 후회하고 있지 않습니까?"

머리를 쓰다가 졸지에 독박이 걸려 버린 상황.

노형진이 말 그대로 팩트로 후려치자 신동우는 그저 신음할 뿐, 부정할 수 있는 방법조차 없었다.

⚖

"결국 도장을 찍었군."

피해를 감수하기보다는 결국 사용 허가를 내준 신동우.

유민택은 그걸 보고 신기한 듯 이리저리 살폈다.

"뭐, 조작은 안 했겠지?"

"안 했습니다. 할 수도 없었구요."

"덕분에 연구비 굳었군."

유민택은 만면에 미소를 띠었다.

안 그래도 지금부터 연구를 해서 언제 따라잡나 고민하고 있었는데 문제가 해결되어 버렸다.

"아마 저들은 이걸 공짜로 뿌릴 겁니다."

"응? 어째서?"

"그들에게는 이미 쓸모가 없으니까요."

그들은 핸드폰을 만드는 회사가 아니다.

그러니 이 기술은 쓸모가 없다.

"그들이 이 기술을 수십억을 주고 산 건 대룡에 타격을 주기 위해서였습니다. 하지만 물 건너갔지요."

"그런데 그거랑 무료랑 무슨 관계가 있다는 건가?"

"대룡이 쓰기 시작하면 다른 곳도 따라잡기 위해 연구를 시작해야 하니까요."

"이런."

그러니까 대룡이 상대적인 이점을 얻는 것을 막기 위해서라도 그들은 그걸 무료로 뿌린다는 소리였다.

"그들은 결코 바보가 아닙니다."

"씁쓸하군."

한 가지가 해결되자마자 또 다음 문제가 생기자 유민택은 왠지 머리가 지끈거렸다.

"그나마 다행인 것은, 우리가 먼저 공짜로 뿌렸다는 거죠."

"그러면 그들이 공짜로 뿌려 봐야 결국 우리 그늘에 가려지겠군."

"네. 아마 이미지 상승의 이득은 우리가 누리게 될 겁니다."

"허, 저쪽이 뭔 짓을 하든 자네 손바닥 안에 있구먼."

노형진은 씩 웃었다.

"아직은 아닙니다. 하지만 조만간 그렇게 될 겁니다."

"본진 털기 시작하면 말인가?"

"네, 본진을 털기 시작하면 말이지요."

노형진은 차분하게 말했다.

"그리고 그 시간은 얼마 남지 않았습니다."

글로벌 호구

새론은 다른 로펌들과 상당히 다른 점이 몇몇 있다.

일단 목표부터가 다르지만, 역시 가장 큰 것은 바로 해외에 있는 지점들의 차이였다.

다른 곳과 달리 해외 각국에 지점을 내고 그곳에서도 활동했다.

그리고 그건 한국 외교부의 무능과 겹치면서 본의 아닌 효과를 내고 있었다.

"또요?"

"그래. '이번에도'라고 해야 하나."

"끄응…… 정부에서는 뭐라고 하나요?"

"한두 번이 아니지 않나?"

송정한은 어이가 없다는 듯 머리를 절레절레 흔들었다.

"해외의 법률 집행에 자신들은 관여하지 못한다고 하지."

"이런 개새끼들."

노형진은 송정한의 말에 이를 빠드득 갈았다.

"국회의원이 되면 그런 것도 좀 해결할 수 있을까 했네만, 아무래도 힘이 없더군."

"초선이 그렇지요, 뭐."

애초에 정부 자체에 문제 해결 의지가 없으니 초선이든 다선이든 차이는 없었다.

"올해만 벌써 몇 번째지요?"

"서른두 번째."

"아주 막나가는군요."

노형진은 턱을 스윽 문질렀다.

어지간하면 해외 지점의 사건은 여기로 안 온다.

사실 와 봐야 의미가 없다.

법이 다르니까.

하지만 가끔은 올 수밖에 없는 사건들도 있다.

이번 사건 같은 것 말이다.

"이번에도 마찬가지야. 가방에서 마약이 나왔네."

"끄응....... 도대체가. 그쪽은 부패를 고칠 생각이 없는 것 같네요."

"그럴 만한 조직이 없지 않나?"

"그나저나 이 셋업 범죄는 아무래도 사라지지 않을 것 같
군요."

"내 말도 그걸세. 한 해 평균 백 건이야. 우리한테 들어온
사건만 말이야. 그러니 우리가 모르는 사건은 또 얼마나 많
겠나?"

"문제군요."

셋업 범죄.

동남아에서 주로 벌어지고 있는 범죄로, 쉽게 말해서 관광
객이나 여행객의 가방에 마약이나 총알 등을 심어 두고 돈을
요구하는 행위다.

문제는 그걸 하는 것이 바로 경찰이라는 거다.

"이번에도 대사관에서는 도움을 주지 못한다고 했다고요?"

"그렇다고 하더군."

방식은 간단하다.

경찰이나 공항 직원이 짜고 표적을 고립시킨다.

경찰이다 보니 마음대로 가방을 열어 볼 수 있고 그 안을 뒤
지는 척하면서 슬쩍 불법성이 강한 총알이나 마약을 심는다.

그리고 상대방을 협박하면서 돈을 요구한다.

그 돈이 없다고 하면 정식으로 기소하는 거다.

"점점 극심해지는 것 같은데. 제 느낌인가요?"

"아닐세. 그게 맞아. 사실 극심해질 수밖에 없지. 자네도
우리나라 대사관의 문제 알지 않나? 그곳은 국민을 위해 존

재하는 게 아니라 높은 분들 의전을 위해 존재하는 거."

송정한은 쓸쓸하게 말했다.

"그러니 관심이 없지."

셋업 범죄는 원래 여러 나라의 관광객들을 대상으로 벌어졌다.

하지만 현재 필리핀에서 벌어지는 셋업 범죄의 대상은 주요 한국인이다.

"정부가 관심을 가져야 안 하죠."

노형진은 한숨을 푸욱 쉬었다.

그럴 수밖에 없는 게, 이 사태가 벌어진 이유가 정부이기 때문이다.

"망할 놈들."

다른 나라들은 셋업 범죄가 벌어지면 대사관에서 사람을 보내 정치적 협상에 들어가고 자국민 보호를 위해 최선을 다해, 그 과정에서 필리핀이 곤란해지는 경우가 많다.

사실 필리핀 자체는 외교력이 강한 것도 아니라서 셋업 범죄에 대한 증거가 나오면 다른 선진국들이 강력하게 항의하기 때문에 범죄를 저지른 대상자들이 강력한 처벌을 피할 수가 없다.

"하지만 한국은 다르죠."

자국민이 외국에서 뭔 짓을 당해도 관심도 없고, 뭘 해 줄 생각도 안 하는 것이 바로 대한민국의 대사관이다.

오죽하면 여행자 매뉴얼에 비상사태 발생 시 새론의 지점에 연락하라고 적혀 있을 정도다.

어차피 대사관에 연락해 봐야 아무것도 해 주지 않으니까.

"이번 피해자는 더군다나 여성이야. 강유연이라고."

20대 초반의 여성이 친구들과 필리핀으로 여행을 갔다.

관광 중에 경찰을 만났는데, 그 경찰이 가방을 뒤지더니 마약이 나왔단다.

"그리고요?"

"공식적으로는 기소를 했다지."

"비공식적으로는?"

"한 명당 한화로 500만 원을 내놓으라고 했다는군. 세 명이니 1,500만 원이지."

조사할 때 그걸 촬영하라는 규정이 있는 것도 아니니, 그 안에서 뭐든 지껄여도 문제가 안 된다.

애초에 범죄를 저지르려고 접근한 상황이니 규정이 있어도 지키지 않았을 것이다.

"대사관에서는 도움을 거절해서 일단 우리 쪽에 연락한 거고요?"

"정확하게 말하면 대사관에서 우리한테 연락하라고 했다고 하더군. 자기네들 소관이 아니라면서 말이지."

"도대체 그 애들 소관은 뭐랍니까?"

노형진은 똥 씹은 표정으로 말했다.

"뭐, 월급 도둑질이 주요 업무인가 보더군."

송정한도 그답지 않게 독설을 날렸다.

그만큼 이런 일이 비일비재함에도 불구하고 그들은 고칠 생각을 하지 않았다.

"일단은 중요한 건 강유연과 그 친구들을 구하는 걸세."

"친구들요?"

"그래. 그들도 한꺼번에 마약 사범으로 잡혔어."

"말이 안 되는군요."

여자 세 명이 동시에 가방에 마약을 가지고 나올 리 없다.

마약을 하려면 어디 호텔이나 숨겨진 곳에서 하지, 대놓고 관광지에서 하려고 하지는 않는다.

거기에다 처음 간 곳에서, 그들이 마약 상인이 누구인지 알고 마약을 산단 말인가?

"아무래도 전형적인 셋업 범죄인 모양인데."

송정한이 노형진을 부를 만큼 상황은 좋지 않았다.

"그동안은 우리가 어떻게 해서든 실드를 치고 있었지만, 아무래도 대책을 세워야 할 것 같아."

"저도 동감입니다. 전과는 다른 방법을 써야 할 것 같네요."

사실 셋업 범죄는 처음이 아니다.

노형진이 새론에 온 초기에 한번 해결한 적이 있는 범죄였다.

그때도 법으로 해결되지 않아서 결국 노형진이 브로커를 통해 적지 않은 뇌물을 주고 풀어 줘야 했다.

"일단은 세 분의 안전 확보가 최선이군요."

"그건 그렇지."

노형진은 턱을 문질렀다.

"지금까지 제대로 방어를 하기는 했지요?"

"하기는 했지."

물론 실패한 경우도 있기는 했다.

그럴 때는 어쩔 수 없이 브로커를 통해서 뇌물을 주고 사건을 뒤집어야 했다.

"하지만 그게 벌써 몇 년째인가?"

"그건 그러네요."

돈이 된다는 걸 알아서인지, 도리어 전보다 더 한국인에 대한 셋업 범죄가 늘어난 느낌이다.

'역시 범죄자 새끼들이랑 협상하는 건 좋은 게 아니야.'

테러범들과의 협상이 없는 이유가 그거다.

점점 더, 밑도 끝도 없이 더 많은 요구를 하게 되니까.

'하지만 안 할 수도 없고.'

이런 건 외교적 분쟁을 야기하더라도 정부에서 나서서 강력하게 필리핀에 항의하고 가해자를 처벌해야 한다.

미국인이 한국인에 비해 셋업 범죄에 당하는 비율이 엄청나게 낮은 이유도, 만일 셋업 범죄로 밝혀지면 미국 정부가 필리핀에 어마어마한 보복을 하기 때문이다.

하지만 한국은 보복 따위는 관심도 없으니까 문제다.

"그래서 이번에 대책을 제대로 세워야 할 것 같네."

"송 대표님은 어떤 방법을 생각하시는 겁니까?"

"일단은 기존 기록을 뒤져서 셋업 범죄를 저지른 경찰이나 공무원에 대한 고발을 진행하는 게 우선이라고 생각하네."

노형진은 머리를 흔들었다.

"그 정도로 고쳐질 문제였다면 이미 고쳐졌어야 합니다."

"그런가?"

"네, 그런 일이 없었던 것도 아니고, 기존에 썼던 방법의 재탕이니까요."

노형진은 입맛을 다시며 말했다.

"제가 어지간하면 법 안에서 해결하려고 하지만, 셋업 범죄는 법의 테두리 안에서 해결할 수 있는 문제가 아닙니다."

"그러면 어쩌자는 건가? 방법이 있다고 생각하나?"

"방법이라……."

노형진은 곰곰이 생각을 했다.

방법? 있다면 있다.

"있습니다. 하지만 새론이 아닌 다른 조직이 필요합니다."

"다른 조직?"

"네, 자경단요."

"자경단이라니? 뭐, 린치라도 가하겠다는 건가?"

"뭐, 반쯤은 맞는 말입니다."

노형진은 고개를 끄덕거렸다.

"이 문제는 법보다는 경제적 논리에 따라 해결해야 할 것 같군요."

"경제적 논리라고?"

"네, 그리고 그 말은…… 제가 조용히 움직여야 한다는 뜻입니다."

노형진은 이번만큼은 협상을 하지 않기로 마음먹었다.

"따라오지 말라니까."

"그래도 알아야 나중에 써먹지."

"좋은 거 아닌데."

"좋은 꼴 보자고 변호사 하는 거 아니잖아?"

손채림은 싱글거리면서 캐리어를 찾아서 왔다.

노형진은 입맛을 다시면서 뜨거운 열대의 바깥으로 나갔다.

"와, 덥네. 여기 지점은 차를 안 보내 주네."

"비공식적인 방문이니까."

"그래도 그렇지."

"안전을 위해서는 그게 최선이야. 일단 택시를 타고 움직이자고."

노형진은 택시를 잡아타고는 정해진 약속 장소로 향했다.

시내에 있는 제법 그럴듯한 호텔이었다.

그곳에 도착하자 초췌한 표정의 한 남자가 와서 기다리고 있었다.

"주호 씨, 괜찮습니까?"

"괜찮다고는 말 못 하겠네요 하하하."

이주호.

새론의 한국 필리핀 지부 담당자다.

물론 그는 변호사는 아니다.

하지만 필리핀 지부의 변호사들과 본사를 연결해 주는 중요한 역할을 하는 사람이다.

"상황이 어떤가요?"

"일단 매일같이 변호사들이 접견하고 있습니다. 문제는 없고요. 뭐, 놀라서 우는 건 어쩔 수 없지만요."

그는 피곤한 듯 마른세수를 하면서 말했다.

사건이 사건이다 보니 혹시나 무슨 일이 터질까 매일 걱정될 수밖에 없었다.

필리핀의 감옥은 결코 좋은 환경은 아니니까.

"수사 진행은 어떻습니까?"

"뻔하지요."

이미 그 경찰들을 셋업 범죄로 고발을 넣었다.

하지만 경찰은 해당 사건에 대해 전혀 조사하지 않았다.

"도리어 강유연 씨에 대한 취조 강도를 높이고 있습니다. 변호사가 동석하지 않았으면 폭행이 이루어졌을지도 모르겠습니다."

"아주 작심하고 덤비는 모양이군요."

"사실 저희 쪽과는 앙숙이니까요."

이주호는 씁쓸하게 웃으며 말했다.

"앙숙? 어째서요?"

"저희가 셋업 범죄를 잡아낸 게 한두 번이 아니거든요."

그런 식으로 자기들의 수입을 방해하고 있으니 새론 지점을 좋게 볼 수가 없었으리라.

"대사관은 변동 사항이 있습니까?"

"있지요."

"오, 뭔가요?"

"파티 한답니다."

"미친놈들."

손채림의 얼굴에 썩소가 떠올랐다.

당장 자국민이 고통받고 있는데 파티라니.

"아니, 중요한 파티인가요?"

"아니요. 필리핀 대사 생일 파티랍니다."

"미친놈들 맞네요."

노형진은 한숨을 쉬었다.

혹시나 뭐가 바뀌었을까 하는 기대를 했지만 바뀐 것은 없었다.

"일단 저희가 최선을 다해서 해결하려고 하고 있습니다

만, 아무리 못해도 4개월은 감옥에 있을 것 같습니다."

"질 것 같나요?"

"사실 질 것 같지는 않습니다."

워낙 상황이 말이 안 되니까.

"거기에다 그 경찰 중 한 명이, 과거에도 셋업 범죄로 한 번 경고 먹은 적이 있습니다."

"네? 아니, 해직되거나 처벌받은 게 아니고요?"

"셋업 범죄의 최대 수혜자는 경찰 상부거든요. 그래서 박멸이 안 되는 겁니다."

"상부라고요?"

"네, 셋업 범죄를 저질러서 나오는 돈의 상당액이 상부에 뇌물로 들어갑니다. 안 그러면 이미 박멸되었을 겁니다."

해외의 다른 국가에서 대놓고 뭐라고 하는데 박멸되지 않는 데에는 그런 이유가 있다.

그렇게 받은 돈이 경찰의 상부로, 다시 정치인에게로, 그런 식으로 넘어가기 때문이다.

"우리나라도 마찬가지야. 이 정도 불법이 방대하게 이루어지고 있는데 박멸되지 않는 건 부패가 위에서부터 시작되기 때문이야."

"끄응."

"그리고 그래서 우리가 계속 지는 거고."

한 사건에서 이긴다고 해도 그사이 또 다른 사건이 진행된다.

끝도 없는 악순환이다.

"그런데 무슨 파격적인 해결책을 가지고 오신다고 들었습니다만."

"해결책을 가지고 오기는 했지요. 하지만 제가 가지고 온 건 아닙니다."

"네?"

"해결책이라기보다는, 부패한 경찰들에게 더 강한 공포를 새겨 주는 것이 목표입니다."

"더 강한 공포?"

"네, 그래서 한 명 더 만나기로 했는데 아직 안 왔네요."

"어? 한 명 더 있다고? 나한테는 말 안 했잖아?"

"보안이 필요해서 어쩔 수 없었어. 지금까지와는 규모가 다른 싸움이 될 테니까."

"규모가 다른 싸움?"

"아니, 방식이 전혀 다른 싸움이라고 해야 하나?"

"방식이 전혀 다른 싸움?"

"그래."

노형진은 고개를 끄덕거렸다.

"지금까지는 법의 테두리 안에서 고치려고 했지만, 이제는 그 바깥에서 압박해 보려고."

"어떤 식으로?"

"그 어떤 식으로가 이제 올 때가 된 것 같은데?"

때마침 누군가 호텔의 문을 두들겼다.

손채림은 고개를 갸웃하면서 바깥을 내다봤다가 문 앞에 선 인물을 보고 헛기침을 했다.

"콜록콜록."

"왜?"

"아니, 저 인간이 여기서 왜 나와?"

그리고 바깥에서 들리는 목소리.

"여기서 나와서 미안하군. 문 좀 열지? 안 그래도 더운 나라인데."

"열어 줘라."

노형진의 말에 손채림은 떨떠름한 표정으로 문을 열어 줬다.

그리고 안으로 들어온 남상진은 눈을 찌푸렸다.

"도대체 뭘 하자고 여기까지 온 거야? 어지간한 건 한국에서 처리하면 안 되나?"

"욕하는 놈치고는 그래도 곱게 왔다?"

남상진은 짜증을 내면서 의자에 앉았다.

"지나가면서 들른 거다. 돈이 된다고 하니까."

"츤데레냐?"

"미친놈."

남상진은 노형진을 보고 눈을 찌푸렸다.

애초에 서로 만나게 된 계기 자체가 좋지 않았으니 사이가 좋아질 수가 없었다.

물론 지금은 서로 필요에 의해 돕고 있다고 하지만 말이다.

"그래서 할 말이 뭔데?"

"간단하게 말할게. 너 여기 반군이랑 선 좀 만들 수 있냐?"

"뭐?"

남상진은 말만 미친놈이라고 하는 게 아니라 진짜로 미친놈 보는 표정으로 노형진을 바라보았고, 이주호는 경악에 입이 쩍 벌어졌으며, 손채림은 어리둥절했다.

"반군이라니?"

"사람들이 잘 모르지만 사실 필리핀은 내전 국가야."

"뭐어!"

하지만 적지 않은 관광객들이 오는 상황이 아닌가?

그런데 내전이라니?

일반적으로 생각하는 내전과는 너무 다르지 않은가?

"아, 그건 제가 설명해 드릴게요."

여기서 활동하는 이주호가 얼떨떨한 표정으로 말했다.

"일단 내전 중이기는 합니다. 하지만 일부 지역에 한해 그래요. 사실 내전을 일으킨 세력이 약해서, 전 국토로 퍼질 수가 없습니다."

그래서 그들이 지키고 있는 일부 지역에서만 내전이 벌어지고 있다.

"주로 남쪽의 민다나오섬을 중심으로 활동은 하는데……."

떨떠름한 표정으로 말하는 이주호.

"맞아, 내전 국가지. 그리고 내전을 하기 위해서는 무기가 있어야 하고, 무기가 있는 곳에는 브로커가 있는 법이지."

노형진은 싱글거리면서 남상진을 바라보았다.

남상진은 기가 차다는 표정으로 마주 보았고.

"그래서 뭐? 가서 돈이라도 퍼 주려는 거냐?"

셋업 범죄를 해결하겠다고 왔는데 갑자기 내전이라니? 더군다나 반군이라니?

"뭐, 반쯤은 맞아."

"응?"

"다들 〈랜섬〉이라는 영화 봤지? 아니, 보지는 않았어도 들어는 봤을 거 아냐."

"그거야 그런데…….."

손채림은 고개를 끄덕거렸다.

"그게 뭔 내용인지 알지?"

〈랜섬〉의 내용은 사실 간단하다.

아들이 납치당한 아버지가 돈을 요구받자, 그 돈을 납치범에게 주는 대신에 그 납치범의 목에 걸어 버렸다.

"그게 이번 일과 무슨 상관이 있다는 겁니까?"

이주호는 모르겠다는 표정이었다.

하지만 남상진은 예상이 간다는 듯 눈을 찌푸렸다.

"너, 현상금을 걸 생각이냐?"

"맞아."

"미친놈. 그게 무슨 의미인지 알아?"

"알지. 하지만 대충 가짜 조직을 만들어서 현상금 걸면 필리핀에서 뭐 어쩔 건데?"

"현상금?"

"그래, 현상금. 경찰에게 걸 거야."

"으음……."

전혀 예상하지 못한 말에 이주호는 침음성을 삼켰고, 손채림도 눈만 데굴데굴 굴렸다.

그때 홀로 곰곰이 생각하던 남상진이 히죽 웃었다.

"웃긴 놈. 머리는 잘 쓰는군."

"네가 날 칭찬을 할 때가 다 있구나."

그러자 손채림이 걱정스러운 표정으로 중얼거렸다.

"아니…… 이거 위험한 게임 아닌가……."

그 말에 남상진이 표정을 굳혔다.

"위험하지. 하지만 노형진 이상으로 필리핀이 더 위험해."

"어째서죠?"

"노형진이 여기까지 와서 반군을 찾은 이유는, 그들에게 현상금을 걸기 위함이니까."

노형진의 계획은 간단했다.

이번 일을 저지른 경찰들과 그 상관들의 목에 현상금을 거는 것이다.

아무리 반군이 불리하다고 해도, 조용히 들어와서 그들 정도를 죽이는 건 어렵지 않다.

다만 그럴 실익이 없어서 하지 않을 뿐.

"하지만 현상금이 걸리면 이야기가 달라지지."

필리핀은 사실 모로이슬람해방전선 말고도 많은 반군이 있고 또 범죄 조직도 많다.

그리고 경찰은 극도로 부패했다.

문제는 그 부패가 일선 경찰에게도 영향을 준다는 것.

"한국 사람들에게 셋업 범죄를 저지르면 누군가 그의 목에 현상금을 건다. 그러면 현 필리핀 정부가 그 일선 경찰이나 일부 상위 경찰을 보호하려고 할까?"

한 명을 보호하기 위해서는 열 명이 필요하다.

아니, 총기가 있는 나라이니 백 명이 필요할지도 모른다.

웃긴 건, 그 경찰이라는 직업이 남을 지키기 위해 존재한다는 것.

"그리고 그들을 지키다가 죽는 사람들의 기분은 어떨까?"

"그건⋯⋯."

상식적으로 필리핀 정부가 그 경찰들을 보호하는 것은 불가능하다.

하지만 노형진의 계획은 그것보다 더했다.

"경찰뿐만이 아니야. 그 경찰의 가족까지 노린다."

"너⋯⋯ 미쳤어?"

"아니, 안 미쳤어."

노형진은 담담하게 말했다.

"때로는 악은 악으로 상대해야 하지. 여기서 어쭙잖게 하면 또 한국 사람들을 호구 취급하면서 범죄를 저지를 거야."

"하지만 가족들은 아무런 잘못이 없잖아?"

"일단 그렇게 갈취한 돈으로 잘 먹고 잘 산 것이 죄라고 하면 죄지."

노형진은 그렇게 말하면서 씩 웃었다.

"뭐, 걱정하지 마. 진짜로 할 생각은 없으니까."

"뭐?"

"나도 사람이야. 학살범도 아니고 말이야."

"그런데 왜?"

"소문이지."

"소문?"

"그래. 소문이라는 건 참 웃긴 거거든."

소문의 당사자는 속 터지고 미치고 팔짝 뛸 것 같은 일이다.

하지만 그걸 듣는 사람들은 그다지 관심이 없다.

"경찰과 그 가족의 목에 1억을 건다."

"헉! 1억!"

그 정도면 아마 필리핀의 국회의원도 죽을 것이다.

"……라는 소문이지."

노형진은 말장난을 하면서 말했다.

"저기, 노 변호사님. 제가 심장이 벌렁거려서 그러는데 제발 제대로 말씀 좀 해 주십시오. 저 죽을 것 같습니다."

만일 진짜로 현상금을 걸면 그때는 국제분쟁이 될 가능성이 높다.

아무리 노형진이라고 해도 말이다.

"그러니까 소문만 퍼트리는 거죠. 터무니없는 소문을요."

"그런 터무니없는 소문을 퍼트리는 이유가 뭡니까?"

"방금 말씀드렸잖습니까, 경찰과 그 가족의 목에 한화로 1억이라고?"

노형진은 진실과 소문을 구분해서 차분하게 설명했다.

"일단 소문에는 뻥이 들어갑니다."

범죄를 저지른 자들에게 1억의 현상금이 걸렸다는 사실을 당사자가 알면 어떻게 될까?

아마 세상이 무너지는 기분이 들 것이다.

더군다나 자신뿐만 아니라 가족들의 목까지 포함된 거라면, 당장이라도 누구든 잡고 살려 달라고 빌 것이다.

"하지만 소문의 맹점은 그거죠. 당사자는 똥줄이 타지만 타인에게는 개소리라는 거."

"개소리?"

"네. 사실 1억이 아니라 당장 5천만 원만 걸어도 경찰은 죽을 겁니다. 그런데 누가 1억을 줍니까? 그걸 믿으시겠어요? 거기에다 누가 걸었는지도 모르는 황당한 소문을?"

"아니요, 안 믿지요…… 아하!"

소문은 소문일 뿐이다.

더군다나 거하게 뻥이 붙어 있는 소문이다.

그리고 그 소문에는 그 돈을 준다는 존재가 누구인지도 붙어 있지 않다.

있다고 해도 불확실하다.

과연 누군가 정말 그 돈을 받기 위해 살인을 할까?

그 돈을 줄 존재가 누구인지도 모르는데?

"당사자는 죽을 맛이겠지만, 사실 당사자를 제외한 나머지 사람들에게는 완전히 헛소리일 뿐이지요."

"그럼 경찰이 무시하지 않을까요?"

"못 할 겁니다."

노형진은 살짝 웃었다.

"어찌 되었건 그 소문이 왜 났는지, 진짜인지 확실하게 하는 게 중요한 거죠."

한국인에게 셋업 범죄를 저지른 경찰들의 목에 한국의 대부호가 현상금을 걸었다는 소문.

"그리고 그 현상금 목록에서 빠지기 위해서는, 자신에게 그런 짓을 시킨 사람을 고발할 것."

"그러면……."

"아마 진짜 고발자가 나올 겁니다."

설사 나오지 않아도 상관없다.

그런 소문이 도는 이상, 어지간히 자살 희망자가 아닌 이상에야 한국인에 대한 셋업 범죄를 저지르지는 못할 것이다.

"그런데 왜 반군이 어쩌고 한 거야?"

"그건 필리핀 정부를 압박하기 위한 수단이지? 안 그런가?"

"역시 우리 상진이 똑똑해."

"빈정거리는 거냐?"

눈을 찌푸리는 남상진.

그의 말이 부족해서 그런 건지, 이주호와 손채림은 노형진을 바라보았다.

"내가 왜 그렇게 터무니없는 금액을 달았을까?"

"글쎄? 그건 나도 잘……."

"그 돈이 만일 반군에 들어간다면, 필리핀 정부는 기분이 어떨까?"

안 그래도 반군이 지금 전면적인 전쟁을 하지 못하는 것은 자금이나 무기가 달리기 때문이다.

그런데 경찰 한 명과 그 가족당 1억이다.

부패한 경찰이 족히 천 명은 넘을 텐데, 그들을 필리핀 당국이 다 보호할 수는 없다.

"결국 누군가 죽을 수 있다고 생각하겠지."

다른 자들이야 경찰을 죽이는 데 거리낌이 강하겠지만, 반군은 전혀 그렇지 않을 것이다.

어차피 죽으려고 덤비는 놈들이니까.

"전면전도 아니고, 조용히 죽이고 가는 걸 필리핀이 막을 수는 없고 말이지."

섬으로 이뤄진 나라이기 때문에 작은 배를 타고 슥 들어왔다가 슥 나가면 그만.

"그걸 막기 위한 가장 좋은 방법은?"

"악착같이 한국인에 대한 셋업 범죄를 막는다."

"딩동."

경찰도 꺼리고 정부도 꺼리면, 누구도 한국인에 대해 셋업 범죄를 저지를 생각을 못 할 것이다.

"그런데 왜 날 부른 거냐? 그런 건 소문만 내도 되는 거잖아?"

"실적이 필요하니까."

"실적?"

"그래. 누군가 반군에게 진짜로 무기를 공급한다는 느낌을 줘야 해. 그 돈이 나온다는 느낌으로 말이지."

"으음?"

"소문이라는 게, 하나만 돌라는 법은 없잖아?"

노형진은 씩 웃으며 말했다.

발 없는 말이 천 리 간다

셋업 범죄를 저지르는 경찰은 사실 정해져 있다.

경찰이 사건이 발생하면 동종 범죄자를 추적하듯이, 셋업 범죄를 저질러서 꿀을 빤 사람은 또 저지르기 마련이다.

그거 한 번 하면 최소 수백에서 수천을 벌고, 걸려도 제대로 처벌을 받지 않으니까.

그래서 그런 범죄를 계속 저지르는 것이다.

하지만 그건 어디까지나 자기 목숨이 위험하지 않을 때의 이야기다.

"뭐라고?"

빠스꾸알은 손이 부들부들 떨렸다.

자신과 가족의 목에 현상금이 걸렸다는 소식이 들려온 것이다.

동료는 심각한 표정이었다.

"너랑 너희 가족의 목에 470만 페소가 걸렸대."

"470만 페소!"

말도 안 되는 터무니없는 금액이다.

"아니, 누가!"

자신의 한 달 월급이 고작 2만 페소다.

그러니까 한국 돈으로 대략 40만 원.

이것도 그나마 경찰이라서 넉넉하게 받는 거다.

그런데 470만 페소, 그러니까 자기 목에 걸려 있는 돈이 1억이란다.

그것도 자기 가족들과 함께.

평생을 죽어라 고생을 해도 절대 못 모을 돈이다.

"어째서! 누가 그런 말도 안 되는 금액을 내건 거야!"

"그게…… 나도 몰라. 소문만 들었어."

부패한 경찰은 부패한 정보원과 결탁되어 있다.

그리고 그 부패한 정보원이 준 정보는 심각하다 못해, 필리핀 정부조차도 아연실색할 지경이었다.

"너뿐만이 아니야. 너랑 같이 일하는 사람들의 목에 1억씩 걸렸다. 그것도 모조리 가족과 함께. 경찰 전부 걸렸어."

부서장에게는 1천만 페소, 서장에게는 1,500만 페소의 현상금이 걸렸다.

그것도 가족과 함께 말이다.

"이런 말도 안 되는 소리가……."

빠스꾸알은 공포로 부들부들 떨었다.

그럴 수밖에 없는 것이, 자신이 경찰이기에 현재 필리핀의 치안 상태를 누구보다 잘 안다.

자신을 죽이는 건 일도 아닐뿐더러, 아예 무장도 하지 않은 가족들을 죽이는 건 식은 죽 먹기보다 쉽다.

1만 페소만 있으면 시장에서 권총을 구할 수 있고, 20만 페소면 기관총을 구할 수 있다.

사방에 반군과 갱단이 넘치는 곳이 바로 필리핀이다.

"왜! 난 아무것도 안 했는데!"

그는 공포로 부들부들 떨었다.

"너 진짜 몰라?"

"몰라! 난 그렇게 열심히 일한 것도 아니라고!"

"멍청하긴."

동료가 혀를 끌끌 찼다.

"너 얼마 전에 한국 사람 하나 잡아넣었지?"

"그, 그랬지."

움찔한 빠스꾸알.

죄를 뒤집어씌워서 돈을 뜯어내기 위해 한국인을 감옥에 넣었다.

대부분 다 알고 있는 사실이다.

"다 그 사건 관련자들이야."

"뭐?"

"다 그 사건 관련자들이라고. 너랑 네 동료랑 서장이랑 부서장, 죄다 그 일에 알음알음 연결된 사람들이야."

빠스꾸알은 정신이 혼미해졌다.

"소문으로는 그들이 한국에서 유명한 갱단의 가족이라고 해."

"갱단?"

"그래. 갱단에서 협상은 없다면서, 너희 목에 현상금 걸었다는 소문이 있어."

빠스꾸알은 다리가 풀렸다.

이곳에서도 갱단에 찍히면 가족들이 쥐도 새도 모르게 사라지는 것이 현실이다.

그런데 한국의 거대 갱단이라고?

"그들은 너희가 다 죽을 때까지 현상금을 안 푼다고 하더라."

"……."

빠스꾸알은 공포로 얼굴이 흙빛으로 변했다.

그 순간 문이 벌컥 열리면서 한 남자가 들어왔다.

"빠스꾸알! 너 이 새끼! 무슨 짓을 한 거야!"

"부, 부서장님……."

"지금 내가 무슨 꼴을 당했는지 알아!"

"네?"

"총알이 날아왔단 말이다! 총알이!"

"초…… 총알이요?"

"그래!"

출근하는 부서장의 차를 향해 누군가 총을 쐈다.

만일에 대비해서 방탄으로 처리하지 않았으면 머리가 그대로 날아갈 뻔한 상황이었다.

"지금 상황이 어떻게 되어 가는 건지 모르겠습니다."

"젠장! 일단 가족들 모조리 데리고 와! 이대로 됐다가 다 죽이고 싶어!"

빠스꾸알은 자리에서 벌떡 일어났다.

당장 가서 가족들을 데리고 와야 했다.

하지만 혼자 가면…….

"가, 같이 가자……."

"아…… 난 바빠서……."

"저기, 나도 순찰 시간이라……."

동료들은 너도나도 눈을 돌렸다.

같이 나갔다가 누군가 기관총이라도 갈겨 버리면 자신들은 억울하게 당하게 되는 셈이니까.

그런다고 해서 경찰에서 자신들의 억울함을 풀어 줄 가능성은 없다.

"빠스꾸알!"

"제……발 나랑 같이 가자……. 나랑 같이……."

"멍청아, 나갈 생각을 하지 말고 전화해서 불러!"

"아…… 전화……."

그는 다급하게 전화기를 꺼내서 가족들에게 전화를 걸었다.

통화 연결음이 길어질수록 그의 얼굴은 점점 새파랗게 변하고 있었다.

대한민국 정부도 난리가 났다.

한국의 갱단이 자국의 경찰관에게 현상금을 걸었다는 소식을 들은 필리핀 정부가 대한민국의 대사관에 항의했기 때문이다.

물론 대한민국 대사관 입장에서는 당황스러웠다.

대한민국 대사관은 다급하게 필리핀 정부에 연락을 했다.

하지만 그런다고 뭐가 나올 상황이 아니었다.

결국 대한민국 대사관은 강유연의 집에 직원을 파견했다.

그러나…….

"우리는 몰라요."

"진짜 모르십니까?"

"네, 몰라요. 1억이나 현상금을 걸다니? 지금 걸린 현상금이 7억이나 된다면서요? 저희가 그럴 돈이 어디에 있어요?"

공무원은 강유연의 가족들이 살고 있는 집을 바라보았다.

7억은커녕, 집이고 뭐고 다 팔아도 3억이나 될까 말까 한 상황이다.

"진짜 모르신다는 거죠?"

"저희가 그 돈이 있으면 현상금을 걸겠어요?"

"하긴…… 그러네요."

한 1,500만 정도 쓰면 알음알음 무마하고 꺼내 올 수 있다는 소리를 들었다.

하지만 그 돈조차 없어서 그러지 못하고 있는 상황이다.

그런데 7억이나 현상금을 걸다니, 그건 말도 안 되는 소리다.

"아…… 미치겠네."

외교부 공무원들은 머리가 지끈거리는 느낌이었다.

"그에 관련해서 아시는 거 없구요? 혹시 주변에 조폭이나 갱단과 아는 사람 있습니까?"

"저희는 선교사 집안인데요? 그런 사람들 몰라요."

척 봐도 그런 상황이다.

하지만 현실은 그렇지 않다.

현상금이 걸렸고, 몇 차례 습격 시도가 있었다.

필리핀 정부 말로는 그 관련자들 주변으로 수상한 그림자들이 모여들고 있다고 한다.

"알겠습니다. 혹시나 무슨 일이 있으면 바로 연락 주세요."

"네."

공무원들은 머리를 부여잡고 그곳을 떠날 수밖에 없었다.

결국 그들이 필리핀 정부에 할 수 있는 말은 근거 없는 헛소문이라는 것뿐이었다.

⚖️

"왜 피해자들한테 말 안 하는 거야?"

"피해자들에게 말하면? 그 후에는 어떻게 하겠어?"

"어?"

"정부에서 사실 조사한다고 피해자들을 족치고 다니겠지."

"아……."

그러면 자신들이 드러날 수도 있다.

"기본적으로 내 계획은, 한국인에 대해 필리핀의 부패한 경찰이나 정부가 셋업 범죄를 저지르지 못하게 하는 게 목적이야. 그런데 만일 특정 누군가라고 한다고 하면 어떻게 될까?"

"그 사람만 풀어 주고 똑같은 짓을 또 하겠네."

노형진은 고개를 끄덕거렸다.

지금까지 셋업 범죄에 대한 처벌이 전혀 이루어지지 않았을까?

아니다. 이루어졌다.

다만 솜방망이 처벌이 이루어졌을 뿐.

"사람들은 불확실성에 대해 공포를 느끼지."

한국 사람에게 범죄를 저지르면 자신이 죽을 수도 있다는 그 불확실성.

그게 셋업 범죄를 저지르는 경찰이나 공무원에게는 아주 큰 공포로 다가올 것이다.

"하지만 그러다가 누군가 진짜로 죽을 수도 있습니다."

이주호는 심각한 표정으로 말했다.

"물론 노 변호사님 말씀대로 현재는 근거 없는 소문일 뿐입니다. 누가 돈을 주는지도 확실하지 않은 그런 소문이라, 반군도 시큰둥하다는 거 압니다. 하지만 그걸 믿고 또 범죄를 저지르는 자도 있을 수 있습니다. 실제로 부서장이 총격을 당했다고 하고요."

이주호가 걱정스럽게 말했다.

그런데 노형진의 입에서 나온 말은 아주 차가웠다.

"상관없습니다."

"사…… 상관없다니요?"

"결국 그들이 자초한 거 아닙니까? 그들이 감옥에 넣은 사람들 중에서 얼마나 많은 사람들이 죽었는지 아십니까?"

"그건……."

"네, 그들은 감옥에 넣으면 사람들이 죽을 수 있다는 걸 알고도 그런 겁니다."

필리핀의 감옥 상황은 말 그대로 지옥 같다.

규정상 여섯 명이 써야 하는 감옥에 서른 명씩 들어가 있는 데다가, 들어가는 식품이나 의약품은 중간에 **빼돌려져서** 병에 걸리면 그냥 죽어야 하는 곳이다.

"그들이 그 책임을 졌나요?"

"그건 그렇군요."

이주호는 이곳에서 일하면서 감옥에서 적지 않은 사람들이 죽었다는 것을 알고 있었다.

그중 일부는 한국인이다.

아니, 생각보다 한국인이 많다.

집단 린치를 당하기도 했고, 병으로 죽기도 했다.

심지어 감옥 내에서 집단 강간을 당해서 자살을 한 사람도 있었다.

"하지만 모르고 죽이는 사람은요?"

"이주호 씨, 사람을 헛소문 때문에 죽일 정도의 인간이 정상적인 인간일까요?"

"……."

안 봐도 뻔하다.

누구한테 돈을 받을 수 있는지도 모르는 헛소문이다.

그런데 그걸 믿고 일단 사람을 죽이는 놈은 제정신일 가능성이 없다.

"아마 그 녀석도 결국 갱단이겠지요."

"그건 그런데……."

"변호사가 사람을 구하는 직업인 건 맞습니다. 하지만 모든 사람을 다 구할 수는 없습니다."

변호사가 구할 첫 번째 순위의 사람은 다름 아닌 자신의 의뢰인이다.

그 범위가 넓어지면 한국인일 수도 있지만.

"가해자는 최후의 구조 대상이지요."

사실 구조 대상이라기보다는 복수 대상에 더 가깝다.

"물론 저도 그들이 죽는다면 마음이 편하지는 않을 겁니다. 하지만 제가 마음 좀 편하자고 이 꼴을 그냥 보고 있으면, 그보다 더 많은 사람들이 그들에게 고통받을 겁니다."

"음……."

"제 신조가, '제 몸에 똥칠하더라도 청소하자.'입니다."

이주호는 부정을 못 했다.

그 말이 사실이니까.

"중요한 것은 그들을 제압하는 겁니다."

"그래도 이미 총격이 벌어졌는데……."

"네, 벌어졌지요."

"네?"

노형진의 말에 이주호는 묘한 표정이 되었다.

"아마 제가 알기로는 뒷좌석에 날아갔을걸요, 총알이?"

"그걸 어떻게?"

"그리고 부서장의 차량은 아마 방탄 차량일걸요."

"……!"

다들 입을 쩍 벌렸다.

아직 공개되지 않은 사건이다.

그런데 노형진이 어떻게 안단 말인가?

"저라면 부서장보다는 서장을 노릴 겁니다. 서장이 현상금이 더 큰데 왜 부서장을 노리겠습니까?"

"헉!"

이주호는 묘한 표정이 되었다.

설마 그 총을 쏜 게…….

"그건 추적도 못 한다죠?"

"……."

총알은 방탄유리에 뭉개져서 추적도 못 한다.

거기에다 필리핀은 워낙 무허가 총기도 많다.

"안타까운 일이네요."

능글거리는 표정으로 말하는 노형진.

"한 가지는 확실해졌네요. 일단 누군가 죽이려고 했으니 경찰들 발등에 불 떨어진 거."

"……."

너무 놀라서 입을 쩍 벌리는 이주호.

노형진이 갑자기 벌떡 일어나자 그는 다급하게 물었다.

"어디 가십니까?"

"아, 알바비 입금하러 갑니다."

"네?"

"필리핀은 이게 좋아요. 인건비가 싸서, 사람을 여럿 고용해도 부담이 없다니까요. 우후후. 때로는 누군가 보고 있다는 것만으로도 부담이 되는 법이지요."

노형진은 싱긋 웃었다.

⚖️

"미치겠네……."

빠스꾸알은 죽을 것 같았다.

자신과 자신의 가족들을 따라다니는 시선이 느껴진 지 오래되었다.

안전 때문에 자신과 자신의 가족 그리고 관련자들 가족까지, 모조리 경찰서에서 살기 시작했다.

문제는 경찰서가 사람이 살기 위해 만들어진 공간이 아니라는 거다.

"아빠…… 나 나가고 싶어."

"안 돼!"

"그럼 언제까지 여기에 있으라는 거야!"

아들들은 빠스꾸알에게 화를 냈다.

하지만 나가면 죽을 수 있다는 생각에, 그는 차마 나가자는 소리를 할 수가 없었다.

"미치겠네……."

동료들도 하나둘 지쳐 가고 있었다.

부서장이 총격을 받은 후에 경찰들은 바짝 얼어붙었다.

지금도 경찰서 바깥에서 이쪽을 노려보고 있는 사람들이
적지 않다.

"아, 저거 다 체포하면 안 됩니까?"

"너 미쳤어! 같이 죽으려고 작정했어!"

안 그래도 자신들의 목에 현상금이 걸려 있다.

그런데 그들을 체포하면?

아마 원한 때문에라도 죽이려고 할 것이다.

"그리고 무슨 죄로 체포할 건데? 저놈들이 뭘 했는데?"

"죄야 만들면 그만인데."

"개소리하지 마!"

안 그래도 이 모든 게 셋업 범죄 때문에 벌어진 일이다.

그런데 여기서 또 증거를 심는다?

그게 통할지 여부는 둘째 치고, 그에 당한 갱단이 그냥 두
고 볼 리 없다.

"젠장!"

이들이 왜 셋업 범죄를 한국인 대상으로 저지르는가?

한국은 이런 범죄에 당해도 보복을 하지 않기 때문이다.

그래서 한국인을 대상으로 하는 거다.

그런데 이제는 상황이 바뀌었다.

법으로 안 되자 저쪽이 엉뚱한 쪽을 건드리기 시작한 것.

문제는 그쪽이 절대로 만만한 대상이 아니라는 것이다.

"젠장…… 이제 어쩌자는 거야……."

머리를 부여잡는 가해자들.

그때였다.

동료 한 명이 다급하게 경찰서 안으로 들어왔다.

"무슨 일인데?"

"큰일 났어!"

"무슨 큰일?"

"다른 경찰에게도 현상금이 걸리기 시작했어!"

"뭐라고?"

"셋업 범죄를 저지른 다른 경찰들에게도 현상금이 걸리기 시작했다고!"

모두의 얼굴이 딱딱하게 굳었다.

"누군가 우리를 말려 죽이려고 하고 있다고!"

"대단하다고 해야 하나."

남상진은 신문기사를 보며 나지막하게 중얼거렸다.

경찰에게 걸린 현상금 이야기가 나와 있었다.

누군지 모르지만 다수의 경찰과 관련자들에게 현상금이 걸렸다는 소식을 전하고 있었다.

"필리핀 정부도 곤란하겠어."

경찰은 보호를 해 주는 대상이지 보호해야 하는 대상이 아니다.

하지만 지금부터는 그들을 보호해야 하는 입장이 되어 버렸다.

"신분도 애매하고 말이지."

차라리 높은 사람이나 권력을 가진 사람이라면 이해가 간다.

하지만 그런 게 아니다.

일선 경찰. 흔하게 돌아다니는 경찰들.

그리고 그 위에서 일하는 사람들.

제일 높은 사람이라고 해 봐야 경찰서장 정도.

그 정도 되는 사람들에게 현상금이 걸리다 보니, 숫자는 많은데 모두 지킬 방법은 없다.

"이런 식이면 아무리 필리핀 경찰이라고 해도 셋업 범죄를 못 저지르지."

실제로 벌써 2주가 넘게 한국인을 대상으로 한 셋업 범죄가 벌어지지 않고 있었다.

못해도 한 주에 두 건에서 세 건씩 벌어지던 일이.

"이거 참."

브로커로서 많은 사건을 해 봤지만 이런 사건은 처음이었기 때문에 살짝 얼굴을 찌푸린 남상진은 보고 있던 신문을 구겨서 뒷좌석으로 넘겼다.

"얼마나 남았지?"

"앞으로 40분쯤 남았습니다."

"음……."

운전을 하던 남자는 조심스럽게 말했고, 남상진은 슬쩍 백미러를 바라보았다.

뒤를 따라오는 몇 대의 트럭들.

그 트럭들은 베트남 반군이 있는 남쪽 지역으로 내려가고 있었다.

"나도 별걸 다 팔아먹고 있지만."

그는 따라오는 트럭을 보고 살짝 중얼거리다 말았다.

눈앞에 몇 대의 장갑차가 버티고 있었기 때문이다.

"드디어 만났군."

남상진은 피곤한 듯 얼굴을 문지르고는 자세를 바로 했다.

그러는 사이 차량은 그들 앞에 멈췄고, 장갑차에서 군 병력이 내려서 다가왔다.

"검문 좀 하겠습니다."

"검문?"

"네, 정부에서 반군에게 무기를 공급한다는 정보가 들어와서요."

"그런 건 없습니다."

"그래요?"

검문을 담당하고 있는 장교는 침을 꿀꺽 삼켰다.

'그 말이 사실일까?'

얼마 전 들린 다른 소문.

안 그래도 경찰에게 현상금이 걸려 있어서 문제인데, 셋업 범죄 피해자들이 뭉쳐서 필리핀을 뒤집기 위해 반군에게 무기를 제공한다는 소문이 들려왔다.

자신들의 천적이나 마찬가지인 무기를.

'젠장.'

필리핀 반군이 제대로 세력을 확장하지 못하는 가장 큰 이유는, 그들이 숫자가 적은 것도 있지만 제대로 된 무장이 없기 때문이다.

그런데 그들에게 대전차미사일과 지대공미사일을 비롯한 고화력 무기를 제공한다는 정보가 입수되었다.

당연히 필리핀 정부는 난리가 났다.

만일 반군에게 대전차무기가 들어가게 된다면 자신들의 화력적 우세는 의미가 없어져 버리기 때문이다.

"그래도 일단 살펴보겠습니다."

"그러시지요."

남상진은 내려서 싱긋 웃으며 말했다.

'이 사람이 한국에서 온 무기 브로커란 말이지.'

이미 정보부를 통해 그가 움직인다는 것은 알고 있었다.

그리고 그가 심심해서 여기에 올 리 없다는 것도.

'그런데 왜 이렇게 느긋하지?'

엄청난 양의 고화력 무기를 나르는 사람이다.

그런데 자신들을 보고 그저 웃을 뿐이다.

만일 무기를 들키면 목숨을 건질 수가 없을 텐데 말이다.

"하는 건 당신들 마음인데, 정리도 당신들이 해야 합니다."

"으음…… 알겠습니다."

필리핀인이라면 개무시하겠지만 한국인, 그것도 무기 브로커다.

상부에서도 절대로 그에게 손대지 말라고 하지 않았던가.

"일단 짐 다 내려!"

"네?"

"다 내려! 상자를 모조리 깐다!"

"헉! 대장님!"

"시끄러워! 하나도 놓치면 안 돼!"

그 많은 상자들 중에 어디에 무기가 들어 있을지 알 수가 없다.

결국 트럭 열 대 분량의 짐을 모조리 내리고 전부 열어 보는 수밖에 없었다.

그렇게 무려 여덟 시간이나 걸린 작업 끝에 남은 것은 활짝 열린 상자들뿐이었다.

"그래서, 원하시는 건 찾으셨나요?"

"아니…… 그게…….."

상자에 들어 있는 것은 무기가 아니었다.

긴급 구호 식량이나 긴급 구호 물품이었지.

아무리 봐도 무기로 쓸려야 쓸 수가 없는 물건들이었다.

"저는 구호 물품을 가지고 가는 것뿐입니다만?"

그 지역은 가난하고 환자도 많다.

하루 먹고살기도 힘든 사람들 천지다.

"가난한 지역에 구호 물품을 좀 제공하려는 건데, 그게 문제가 되나요?"

"아니요…… 그건…….”

장교는 힐끗 기자를 바라보았다.

만일 여기서 거칠게 대하면 그 장면이 외국으로 나갈 것이다.

두 사람 다 제압해서 죽일 게 아니라면 건드릴 수는 없다.

'제압할까?'

일단 무조건 제압할까 생각하는 장교.

하지만 이내 포기했다.

그들을 따라오고 있는 일단의 무장 병력.

그들은 외국에서 고용한 민간 군사 기업이다.

이번 일의 경호를 담당하고 있다고 했다.

'날 노리고 있어.'

그들의 눈빛은 차갑다 못해 소름이 돋는 느낌이었다.

만일 자신이 명령을 내리면 바로 다음 순간 자신은 그들의 손에 의해 갈가리 찢어질 것이라는 걸 어렵지 않게 알 수 있었다.

"문제 있나요?"

"아…… 아닙니다.”

결국 장교는 고개를 흔들었다.

문제가 없다.

상자 하나하나 모조리 까 봤지만, 가장 위험한 물건은 칫솔 정도였다.

"그러면 이만."

장교는 슬쩍 뒤로 물러나려고 했다.

하지만 남상진이 그런 그의 어깨에 손을 올리며 잡았다.

"어디 가세요?"

"네?"

"아까 말씀드렸잖습니까, 책임지시라고. 모조리 다 내려서 까 보셨으니, 이제 다시 포장하고 올려 주셔야지요."

남상진은 씩 웃으며 말했고, 장교는 똥 씹은 얼굴이 되었다.

땀을 뻘뻘 흘리며 물품을 다시 포장하고 올리는 필리핀군을 보면서 남상진은 속으로 미소 지었다.

'미칠 노릇이군.'

노형진이 남상진을 부른 이유는 간단하다.

무기 거래가 있다는 것을 보여 주기 위해서였다.

남상진은 노형진과 통화한 내역을 생각하면서 속으로 혀를 끌끌 찼다.

'저들은 내가 무기 딜러인 걸 알지.'

심지어 필리핀에 와서 반군과 접촉도 했다.

그러니 저들은 남상진이 반군에 무기를 팔기 위해 움직인다고 생각했을 것이다.

그리고 그게 함정이었다.

"저들은 네가 무기 딜러인 걸 알아. 그렇게 행동해야 하고."

노형진의 요구에 남상진은 고개를 갸웃했다.

물론 자신이 브로커이고 무기 판매에도 관여하고 있다는 건 저들도 안다.

하지만 필리핀과는 선이 없었다.

"무기를 팔 생각은 없는데?"

"나도 무기는 안 팔아. 네가 가지고 갈 무기는 없어. 다 구호 물품이야. 그쪽은 가난해서 구호가 절실하거든."

"그런데 무슨 의미가 있는 거지?"

"평소의 네가 바로 의미지."

남상진은 무기 딜러다.

그런데 지속적으로 그들과 접촉하고 돈을 받아 오거나 거래하는 모습을 보인다?

필리핀 정부 입장에서는 자신들이 가장 두려워하는, 반군의 무장에 관련이 있는 모습으로 보인다.

"하지만 그들은 절대로 네게 섣불리 손대지 못해."

그는 브로커이고, 한국 정부의 주요 비밀을 알고 있는 사람이다.

만일 필리핀 정부에서 그를 아무런 이유도 없이 억압하거나 체포한다면, 전쟁까지는 아니더라도 정치적인 압력을 행사할 것이다.

최악의 경우 반군에게 몰래 무기를 공급할 수도 있다.

"그러니 네가 그 문제로 반군에 무기를 공급한다는 이미지를 만들면 되는 거야."

"이미지라……."

이미지 그 자체만 있다면, 자신을 처벌하는 것은 불가능하다.

"참 재미있는 계획이야."

필리핀 정부가 가장 두려워하는 형태로 보복을 하겠다는 경고.

아무리 필리핀 정부가 뇌물 때문에 아래 경찰들의 셋업 범죄를 묵인하고 관대하게 봐준다고 하지만, 실제로 자신들에게 위협이 되는 순간 그들은 난리가 날 테고 절대 가만두지 않을 것이다.

하지만 남상진은 노형진의 마지막 말이 가장 마음에 들었다.

"만일 그래도 무시한다면 어쩔 건데?"

"그때는 뭐, 네가 본업을 한다고 생각하면 되는 거야."

본업이라는 것.

즉, 진짜 무기 공급도 불사하겠다는 것.

"남자는 깡이지."

그는 느긋하게 중얼거리다가 창밖을 향해 크게 소리를 질렀다.

"빨리 움직여 주세요! 갈 길이 멉니다!"

필리핀군은 땀을 뻘뻘 흘리면서 상자를 나르는 수밖에 없었다.

필리핀 정부는 진땀을 흘리고 있었다.

반군에 무기가 들어갈지도 모른다는 내부의 정보가 현실로 다가왔기 때문이다.

"남상진 말고도 다수의 브로커들이 이 지역의 반군들과 협상을 하고 있다고 알려져 있습니다. 상당수 트럭들이 내부로 들어갔다고 합니다."

"그건 구호 물품이라면서?"

"구호 물품이라는데, 말이 안 됩니다. 브로커들과 무기 상인들이 뭐가 아쉬워서 그들에게 구호 물품을 준단 말입니까?"

터무니없는 말이다.

그들은 사람 목숨으로 돈을 버는 죽음의 상인이지 남을 살리는 자들이 아니다.

"그곳에 들어가는 구호 물품은 우리의 눈을 가리는 용도이고, 진짜 무기는 다른 비밀 루트로 들어간다는 것이 정보부의 판단입니다."

"으음…… 경찰은 어떤가?"

"경찰 쪽도 문제입니다. 다수의 경찰이 업무를 거부하고서 내부에 숨어 있습니다. 가족들과 함께요. 몇몇 경찰이 나가기는 했는데……."

"했는데?"

"의심스러운 자들이 추적해서 다급하게 돌아왔다고 합니다. 그리고 그들의 집이 모조리 털렸다고 합니다."

"털려?"

"네."

"큭."

안 그래도 경찰들이 미움을 받는 것이 현실이다.

그들이 사무실에 갇혀서 꼼짝도 못 한다는 소문이 돌자, 도둑들이 빈집에 들어가서 돈부터 집기 하나까지 싹 털어 갔다는 것이다.

"어이가 없군. 다른 경찰을 동원해서 잡지 못하나?"

"그게…… 쉽지 않습니다."

그런 식으로 현상금이 걸린 경찰이 한두 명이 아니다.

심한 곳은 한 지역의 5분의 1이 현상금이 걸렸다.

"한국 정부에서는 뭐라고 하던가?"

"그게, 현상금을 건 사람이 없답니다."

"진짜로 확실한 건가?"

"네, 체포된 사람들의 가족들 중에서 그 정도 금액을 줄 수 있는 사람들이 없답니다."

"끄응……."

도대체 어디서 그런 소문이 나는 건지 이해가 가지 않는 상황에서, 필리핀 정부는 골머리를 앓았다.

"군대라도 동원해야 하나."

"고작 경찰을 지키자고 군대를 동원할 수는 없지 않습니까?"

군대를 동원하는 것은 절대로 쉬운 일이 아니다.

군대라는 것은 외부의 적에 맞서기 위한 존재.

자국민을 적으로 인식하면, 안 그래도 불안한 치안이 더 개판으로 변하게 될 것이다.

"일단은 두고 보는 게 더 좋다고 생각합니다. 조용히 지켜보고 있으면 헛소문은 사라지는 법이니까."

현 상황에서 그들이 할 수 있는 것은 그 정도뿐이었다.

실체도 없는 소문을 따라다니면서 사실을 캐기에는 시간도, 인력도 부족했다.

"하긴, 아직 헛소문이긴 하지. 돈 받았다는 이야기도 없고."

어차피 헛소문일 테고, 그런 만큼 오래가지는 않을 거라 생각하는 그들이었다.

하지만 그들은 노형진도 그걸 감안하고 있다는 것을 예상하지 못했다.

"장관님! 큰일 났습니다!"

"큰일?"

"인터넷에 돈을 받았다는 인증이 올라왔습니다!"

모두의 얼굴이 딱딱하게 굳었다.

"가짜 인증 샷이야 뭐 어려운 게 아니지."

인터넷이 폭발하듯이 터지고 있는 것을 보고 노형진은 씩 웃었다.

총금액 5억.

경찰과 그 가족 모가지 따고 받은 돈이라고 금액을 찍어 올린 인터넷의 사진.

그게 필리핀에 대혼란을 야기하고 있었다.

"이거 가짜잖아?"

"그렇지, 뭐. 조금만 조심해 보면 답은 나오니까."

한 가족당 1억의 현상금이다.

5억을 타기 위해서는 경찰과 그 가족을 죽여야 하는데, 그러면 숫자가 못해도 열다섯 명은 된다.

"그 정도 살인 사건이 외부에 드러나지 않을 리 없지. 이 상황에서는 말이야."

노형진은 키득거리면서 웃었다.

"이해가 안 가는 게 있는데, 이게 영향을 미쳐? 사람들이 믿겠느냐고. 당연히 누가 장난한 거라 생각하지."

"그렇게 생각하겠지, 금액이 작았다면."

"응?"

"금액이 다르잖아, 금액이."

인증이라고 해 봐야 다른 곳은 다 지우고 금액만 찍어서 올린 것뿐이다.

통장에 찍혀 있는 숫자는 터무니없이 낮은 금액이었지만, 갑자기 무려 5억이라는 어마어마한 돈이 들어왔다.

"누군가 작은 금액이라고 하면 인증 샷을 찍어 올려 봐야 한국말로 주작이라고 비웃겠지. 하지만 무려 5억이야. 그 돈을 가진 사람이 필리핀에 얼마나 될까?"

"아아."

한국만 해도 5억을 현금으로 가지고 있는 사람은 별로 없을 것이다.

하물며 상대적으로 더 가난한 필리핀이라면 5억, 그러니까 2,300만 페소나 되는 돈을 가진 사람은 더더욱 없다.

"설사 있다고 한들 그들이 이런 질 낮은 인증 샷을 올리겠어?"

"그럴 필요가 없지."

거기에다 통장 거래 내역에는 명백하게 새로 들어온 흔적만 있다.

물론 이건 노형진이 전문가를 동원해서 정교하게 만든 가짜다.

"그러니 사람들은 긴가민가하게 될 거야."

"그걸 노리는 거구나."

"그래."

흔적도 없고, 사건의 기록도 없다.

주변에서 누군가 받았다는 이야기도 없고, 누가 준다는 이야기도 없다.

"이런 헛소문은 오래 못 가. 한 가지 경우만 빼면 말이지."

누군가 진실성을 부여하는 경우를 빼면 말이다.

사기는 진실 한 컵에 거짓 한 스푼

필리핀은 난리가 났다.

안 그래도 불안한 소문이 돌고 있는 와중에 인증 샷이라는 것이 올라왔다.

그리고 참혹하게 죽은 경찰 제복을 입은 남자의 시신과, 그 가족으로 보이는 사람들의 사진도.

"경찰 업무가 완전히 멈추기 직전입니다."

필리핀 경찰청장은 진땀을 흘렸다.

진짜라고 생각한 몇몇 사람들이 실제로 경찰을 노리기 시작했고, 경찰은 그들을 피해서 도망 다니기 바빴다.

"젠장, 경찰을 노린다는 게 말이나 되느냐고! 전에는 이런 일 없었잖아!"

"그건 어디까지나 이득이 없었으니까요."

경찰을 건드린다는 것은 이득은 없고 손실만 있는 행위다.

경찰이 가만히 두고 보지는 않을 테니까.

"하지만 이건 이득이 압도적으로 많습니다."

수억에 달하는 돈.

거기에다 현상금이 걸려 있다는 특성상, 가해자가 누구인지 알아내는 것도 사실상 불가능하다.

애초에 수사를 진행해야 하는 경찰의 목에도 현상금이 걸려 있는 판국이니까.

"어쩌다 이렇게 된 거야! 어!"

"그…… 한국의 피해자들이 들고일어난 것이 문제입니다."

"장난해!"

이미 한국 정부는 공식적으로 피해자들이 그럴 능력이 안 된다고 부정했다.

"설사 그런다고 한들, 한국에서 무슨 수로 필리핀에 돈을 준단 말이야!"

그 정도 돈이 움직이면 아무리 필리핀이 후진국이라고 해도 걸리지 않을 수가 없다.

사는 게 후진국이라고 해도, 선진국과 인터넷과 화폐망이 연결되어 있는 이상 그건 선진국 수준으로 유지하지 않을 수가 없으니까.

"하지만 그 정도 돈이 움직인 흔적이 없다고!"

물론 의심스러운 금액이 몇 번 있기는 했지만 추적해 본 결과 그건 순수한 사업비였고, 이번 사건과는 아무런 관련이 없었다.

"죄송합니다."

"빌어먹을. 이게 무슨 난리야?"

한 가지는 확실했다.

한국인을 건드린 사람들에게 하나같이 현상금이 붙었다는 것.

그리고 그들의 인생은 망가지고 있다는 것.

"미치겠네."

필리핀 정부의 고민은 깊어지고만 있었다.

⚖️

"난 이해가 안 가는데."

"응?"

"고작 헛소문일 뿐이잖아. 그런데 이렇게 통제를 못 하나?"

"헛소문이라서 통제를 못 하는 거야."

사실 필리핀 정부는 강력한 권력을 가진 중앙정부는 아니다.

그런 정부라면 이미 반군이 끝장났어야 했다.

"필리핀은 극단적인 빈익빈 부익부 정부지. 그들의 권력은 부자들에게는 강력하지만, 가난한 사람들에게는 그다지 미치지 못해."

정확하게는 필리핀 정부가 가난한 사람들의 문제 해결에 관심을 보이지 않는다는 게 맞는 표현일 것이다.

"한국에도 음모설은 많아. 하지만 어째서 그런 음모설들이 영향을 미치지 못하는 걸까?"

"글쎄. 아마 합당한 증거가 없어서겠지?"

"또?"

"모르겠는데."

"다른 이유는, 정부가 그렇게 무능하지 않다는 거야."

아무리 일부 세력이 반대파를 빨갱이로 몰아붙여도, 그건 그들의 뇌피셜일 뿐이다.

반대로 한쪽이 반대쪽을 친일파로 몰아붙인다고 해서 그들이 일본에 한국을 넘기지는 않는다.

"그거랑 이거랑 무슨 관계야?"

"장악력이 다르다는 거야."

아무리 막장이라도, 최후의 어느 선은 넘지 않을 거라는 믿음.

그게 정부를 흔들지 않는 가장 큰 이유다.

"하지만 현재 필리핀은 그런 상황이 아니지."

넘치는 실업률, 무능한 정부, 반군의 반란에, 하위층에 관심이 없는 정치인까지.

"결국 헛소문이 횡행하기 딱 좋은 시대야. 뭐, 황건적의 시대 같은 거지."

시대가 안정적이라면 헛소문은 헛소문일 뿐이다.

하지만 시대가 안정적이지 않기 때문에 계속 이런 일이 발생하는 것이다.

"공포를 만드는 것은 어렵지 않아. 그걸 통제하는 것이 어렵지."

노형진은 씩 웃으며 말했다.

"그러니 다음 사진을 뿌려 보자고."

⚖️

다음 날부터 사방에 새로운 사진이 뿌려졌다.

박스를 나르는 사람들.

그들은 분명 필리핀군이었다.

하지만 그 박스가 문제였다.

"이거 무기 박스 아니야?"

필리핀이라고 해서 인터넷이 안 되는 것은 아니다.

그리고 사진 속에 있는 것들은 명백하게 무기 박스였다.

그걸 보고 사람들은 경악을 금치 못했다.

거기에 적혀 있는 말이 너무나 심각한 문제로 다가왔기 때문이다.

다름 아닌 '필리핀 셋업 범죄의 한국 피해자들이 반군에게 무기를 공급하고 있다. 그 공급의 상당수는 필리핀군 내부의 반란군 동조 세력이 제공하고 있다.'라는 설명이 붙어 있었던 것.

"도대체 왜?"

"소문으로는, 셋업 범죄를 막아 달라고 했는데 정부에서 거절했나 봐. 그래서 한국 세력 중 일부가 아예 국가 전복을 시키겠다고 나선 모양이야."

"미친."

"하지만 이건 미친놈이라는 욕으로 끝나지 않을 것 같은데."

한국 세력의 일부가 무기를 공급한다는 것은 안다.

그런데 그걸 나르는 사람들은 다름 아닌 필리핀 군복을 입은 필리핀 군부다.

즉, 필리핀 내부에도 반군과 동조하는 세력이 있다는 뜻이다.

얼굴을 모자이크로 가리기는 했지만 그들이 필리핀군이라는 것을 알아보는 것은 어렵지 않은 일이었다.

"젠장, 이거 이러다 전쟁 나는 거 아냐?"

"그럴지도 몰라. 한국이 강국이라는데……."

"미치겠네. 짭새 새끼들 때문에 이게 뭐야."

걱정하면서 주변을 둘러보는 사람들.

조용히 그들의 말을 듣고 있던 이주호는 미소를 지으면서 숙소로 향했다.

숙소에서는 이미 다른 사람들이 모여서 기다리고 있는 상황.

"어때요, 분위기가?"

"아주 안 좋습니다. 한국의 일부 세력이 아예 내전 세력을 지원한다는 말이 완전히 퍼졌습니다."

"역시나."

"일부 세력이라니 이해가 안 가네."

한국에는 일부 세력이라는 말이 없다.

아니, 세력이야 다 따로 있다고 하지만, 남의 나라에 무기를 공급할 만한 세력은 없다.

그런데 그걸 믿는다는 게 손채림은 이해가 가지 않았다.

"필리핀 사람들에게 한국은 낯선 나라니까. 결국 자기가 아는 기준으로 판단하기 마련이거든."

한국의 문화를 기준으로 해서 필리핀을 판단할 수는 없다.

그와 마찬가지로, 내전으로 오랫동안 싸워 온 필리핀을 기준으로 한국을 판단할 수 없다.

"그들이 생각하는 일부 세력은 말 그대로 무기를 공급할 수 있는 존재들이야. 아니, 그렇게 생각하겠지. 필리핀은 그게 정상이니까."

"맞습니다. 당장 필리핀에서 돈만 있으면 총 하나 구하는 건 어렵지 않으니까요."

"그래도 그렇지, 이 사진에 속는다고요?"

열심히 무기를 나르는 필리핀 군인들.

그들은 사실 지난번에 남상진에게 속았던 그 군인들이었다.

그들의 사진을 몰래 찍어서 뿌린 것.

"내가 상자 사이즈 맞추느라고 얼마나 고생했는데, 후후후."

그들이 중간에 막을 건 이미 알고 있었던 노형진이다.

노형진은 보급품용 상자의 크기를 최대한 무기 상자와 동일한 사이즈로 맞춰서 가지고 가게 했다.

그래서 사진에서는 상자를 내리고 있는지 올리고 있는지 알 수가 없었다.

"그리고 그걸 조작하는 건 어려운 게 아니고."

사진에서 식량 상자를 지우고 거기에 탄통이나 무기 상자를 박아 넣는 것은 포토샵으로 그다지 어려운 작업이 아니다.

"뭐, 전문가들은 알아보겠지."

하지만 대부분의 필리핀 사람들은 그걸 알아볼 방법이 없다.

그들의 눈에는 필리핀 군부가 반군에게 무기를 팔아먹는 것으로밖에 보이지 않는다.

"필리핀 정부에 대한 믿음이 완전히 무너지겠네요."

"그럴 겁니다."

그리고 그럴수록 헛소문은 더 빨리 돌기 마련이다.

물론 조만간 필리핀 정부도 이 사진이 조작이라고 발표는 할 것이다.

"아니, 이미 조작인 걸 알겠지. 아마 오늘 저녁에라도 발표할 거야. 하지만 상관없지."

"어째서?"

"필리핀 정부가 자신들을 지켜 주지 않는다는 그 이미지만 있으면 뭐든 할 수 있거든, 후후후. 그리고 필리핀 정부는 이제 지금처럼 가만히 있을 수는 없게 된 상황이고 말이야."

"어째서?"

"저게 헛소문인 걸 알아. 문제는 그걸 알기만 했다는 거지."

"이해가 안 가는데?"

"누군가 반군에게 무기를 공급한다, 그래서 필리핀에서 대대적인 내전이 벌어질 거다. 그게 전 세계에 얼마나 영향을 줄까? 필리핀은 관광으로 먹고사는 나라 아니었어?"

"아하!"

필리핀의 수입 중 관광이 차지하는 비중은 절대 적지 않다.

하지만 반군에게 상당한 양의 무기가 공급되었다고 알려졌을 때, 그게 과연 관광산업에 영향을 미치지 않을까?

"거기에다 이 사진은 그냥 무기 박스 사진이 아니야."

"그럼 뭔데?"

"지대공미사일하고 저격용 라이플 사진이야."

손채림은 고개를 갸웃했다.

"그게 의미가 있어?"

"있지. 반군은 기본적으로 외부 세력이거든. 외국인들을 안 좋아해."

"아……."

그리고 지대공미사일이 있으면 들어오는 여객기를 노릴 수가 있다.

"그러니 여행객들은 잔뜩 겁을 먹게 되겠지."

"포샵이라고 생각하겠지."

"그럴 수도 있어. 아닐 수도 있고. 중요한 것은 필리핀 정부가 움직일 거라는 거야."

그리고 그들은 결국 그다음 카드에 두 손을 들 수밖에 없을 것이다.

필리핀 정부는 헛소문을 통제하기 위해 무차별적으로 인터넷의 글을 삭제하기 시작했다.

처음에는 헛소문이라 방심했지만, 이제는 그게 정부에 대한 믿음을 저해하기 시작했던 것이다.

반군에게 지대공미사일이 흘러들어 갔다는 소식에 공항 주변의 방어가 삼엄해졌고, 군부대가 더 많이 움직이기 시작했다.

헛소문이기는 하지만 방심할 수 없는 헛소문이기 때문이다.

"우리는 모른다니까요!"

당연히 필리핀 정부는 한국 정부에 강하게 항의했지만, 한국 정부는 당혹스러울 뿐이었다.

특히 대한민국 대사관은 죽을 맛이었다.

"아니, 지대공미사일은 한국도 충분히 가지고 있지 않습니다. 그런데 그걸 왜 반군한테 준단 말입니까? 애초에 한국은 무기 소지가 불법이에요. 권총도 못 가지고 있는데 지대공미사일? 그게 말이나 됩니까?"

주필리핀 대사는 미칠 노릇이었다.

필리핀셋업범죄한국인피해자협회라는 곳에서 저지른 일이 한두 개가 아니다.

그런데 정작 그 실체는 하나도 없다.

"우리한테 원한을 가지고 준 거 아닙니까?"

"우리는 필리핀과 조약까지 맺은 국가입니다. 정식으로 인정하는 정권은 현 정권뿐이에요. 우리가 왜 반군에게 무기를 주겠습니까?"

대사는 죽을 맛이었다.

"이미 그 사진은 조작으로 밝혀졌잖습니까?"

"끄응……."

"거기에다 누차 말하지만, 한국에는 셋업범죄피해자협회라는 곳이 없다니까요."

이미 존재하는 곳이라면 자신들이 알아야 했다.

그런데 그런 정보는 전혀 없었다.

"끄응……."

생각해 보면 말도 안 되는 상황이다.

필리핀 정부 입장에서도 그런 말을 믿을 수가 없다.

소문도 다 증명할 수 없는 헛소문들뿐이고, 무기도 공급된 것이 없다고 추정된다.

중요한 것은, 그 소문의 실체가 어찌 되었건 자신들에게 어마어마한 부담으로 다가오고 있다는 것.

"확실합니까?"

"확실합니다. 그런 곳 없습니다."

마지막으로 들어오는 추궁에 대사는 고개를 끄덕거렸다.

예상은 했다.

"그러면 이번 일에 관해서……."

그 순간 문이 벌컥 열리면서 들어오던 남자가 움찔했다.

"또 뭐야?"

대사는 중요한 이야기 중에 들어온 부하를 잔뜩 찌푸린 눈으로 노려보았다.

안 그래도 불편해 죽겠는데 이런 실수를 저지르다니.

"어, 그게…… 대사님…… 지금 이상한 소문이……."

"그런데 뭐? 그런 걸 꼭 내가 다 일일이 알아야 하는 거야?"

"그게…… 필리핀셋업범죄피해자협회라고……."

대사는 벌떡 일어났다.

그런 곳이 존재하지 않는다고 말한 지 채 1분도 지나지 않았다.

그런데 피해자협회라니?

더군다나 그곳은 요즘 도는 이상한 소문의 근원이라고 의심받고 있는 곳이다.

"그게 무슨 말이야! 그런 조직은 없다고!"

"하…… 하지만 이미 소문이 파다합니다."

"뭐?"

대사는 눈을 굴리면서 상대방의 눈치를 살폈다.

지금 한국어로 대화를 하고 있으니 그들이 알아듣지 못하기를 바랐다.

하지만…….

"지금 나한테 거짓말을 한 겁니까?"

"아니…… 그게, 거짓말을 했다기보다는…….."

"있는 곳을 없다고 하다니…… 어이가 없군요. 엄중하게 항의하겠습니다."

"아니, 그게…… 저기…… 진짜로 몰랐습니다."

"네, 몰랐겠지요. 한국 대사관이 언제 제대로 일한 적이 있는 곳입니까?"

대사는 고개를 푹 숙였다.

할 말이 없었기 때문이다.

그가 나간 후에 대사는 이를 악물고 부하를 바라보았다.

"도대체 무슨 소문이 돌기에 이런 말도 안 되는 개소리를 지껄이는 거야!"

"경찰청장의 목에……."

"목에 뭐!"

"50억이 걸렸습니다."

"그, 그게 무슨……?"

대사의 얼굴이 창백해졌다.

방금 나간 사람이 바로 그 경찰청장이다.

그런데 그의 목에 50억이나 걸렸다니?

"그게 말이나 되는 소리야! 하하, 말도 안 되는 헛소문이라고."

"그게…… 이걸 보셔야 합니다."

부하는 한숨을 푹 쉬면서 인쇄한 사진을 건넸다.

그걸 본 대사는 손이 바들바들 떨렸다.

"이…… 이게 인터넷에 뿌려졌다고?"

"네."

"이런 미친."

산더미처럼 쌓여 있는 달러화.

농담이 아니라, 저 정도면 충분히 50억은 되어 보였다.

그리고 그 위에 올라가 있는 종이 한 장.

셋업 범죄를 멈추지 않는 자들에게 내리는 최후의 경고다.

그 범죄의 근본인 경찰청장의 목에 50억을 건다.

조건은 동일하다.

경찰청장과 그 가족이 죽으면 그 사람에게 50억을 준다.

만일 가해자가 테러에는 성공했으나 그 과정에 사망했다면, 그가 지정하는 사람들에게 돈을 지급하겠다.

그리고 그게 첫 번째다.

다음번에는 내무부 장관이다.

-대한민국 셋업범죄피해자협회

대한민국의 누군가가 건 조건.

그리고 잔뜩 쌓여 있는 돈은, 결코 그게 농담이 아니라는 것을 증명하고 있었다.

"어쩌죠?"

"어쩌긴! 당장 나가는 거 잡아! 나가다 죽으면 우리가 어떤 처지가 되는지 알아!"

돌아가다가 폭탄 테러라도 당하면 대한민국은 곤혹스러운 처지가 된다.

"당장 경호 인력 붙여! 아니, 당장 안으로 모시라고!"

대사의 똥줄이 신나게 불타오르기 시작했다.

⚖

"와, 미친……."

아무렇지도 않은 듯했다.

하지만 어느 순간 갑자기 경찰이 돌변했다.

셋업 범죄를 저지르거나 관련이 있는 자들에 대해 무차별적으로 체포가 시작된 것이다.

그들은 경찰서에서 감옥으로 질질 끌려갔고, 끌려간 감옥에서 범죄자들에게 두들겨 맞았다.

벌써 그렇게 세 명이 맞아 죽었다.

그럼에도 불구하고 셋업 범죄자들에 대한 수사는 멈추지 않았다.

"어떻게 된 거야? 지금까지 그런 소문이 돌았어도 수사는 안 했잖아."

"원래 윗놈들은 자기 목에 칼이 들어오면 부들부들 떠는 거야, 큭큭큭."

이주호는 고개를 갸웃했다.

"하지만 여전히 이해가 안 가는데요."

"뭐가 말입니까?"

"어차피 이것도 헛소문으로 끝날 수 있는 사건 아닌가요? 뭐, 추적할 수 없는 돈이 있다고는 하지만."

사실 그 잔뜩 쌓여 있는 돈도, 아래는 종이 뭉치고 위에만 돈이다.

전에 성화를 속여 먹은 방법을 노형진이 다시 써먹은 것이다.

그러니 필리핀에서 눈에 불을 켜고 추적해 봐야 돈이 나올 리 없다.

"아, 단위가 달라지니까요."

"단위가 달라져요?"

"네, 그동안 제가 내건 돈은 많다면 많지만, 의심할 것이 너무 많았던 돈입니다."

누가 줄지도 모르고, 또 위험을 감수할 가치가 있는 규모도 아니다.

"하지만 50억이라는 것은 이야기가 다르죠. 저쪽 세계에서 50억은 절대 작은 돈이 아닙니다. 심지어 프로들에게도요."

"프로? 아하!"

이주호는 알아차렸지만 손채림은 고개를 갸웃했다.

"프로라니?"

"암살의 프로 말이야."

전문적으로 사람을 죽이는 자들.

그들에게 1억 정도의 돈은 별거 아니다.

더군다나 누가 줄지도 모르는 돈을 위해 그들이 움직이지는 않는다.

"하지만 50억이야. 일단 시도해 봐도 문제 될 게 없는 단위지."

"그들도 위험한 거 아냐? 잡힐 수도 있잖아."

"아니, 그들이 왜 프로인데?"

그들은 700미터 밖에서도 저격총으로 사람의 머리를 날려 버릴 수 있는 사람들이다.

"진짜 저격수가 노린다면, 그들이 살 수 있을 것 같아?"

절대 불가능하다.

저격총이 아니더라도, 폭탄을 어디다 심어 뒀는지 알 수가 없다.

"거기에다 필리핀은 관광 국가야."

사방에 넘치는 게 외국인이다.

프로가 자기 흔적을 흘리는 멍청한 짓을 하지는 않을 테니, 스윽 관광객으로 숨어들면 누가 쐈는지는 알 수가 없다.

"그리고 필리핀은 총기를 구하는 게 그다지 어려운 나라도 아니니까요. 얼마 전에 반군에 어마어마한 총기가 들어가는 사진도 돌았으니."

"아! 저격용 라이플!"

손채림은 이해가 갔다.

필리핀은 그게 조작이라고 확인했지만, 정작 자기네 목숨이 걸렸다고 생각하자 더는 그렇게 생각할 수 없게 되어 버렸다.

"지대공미사일로 관광객을 끊어 버리고 라이플로 자기 목숨을 아끼게 만든다……."

철저하게 함정에 빠진 필리핀 정부였다.

헛소문인 걸 알기는 하지만 거기에 끌려갈 수밖에 없는 구조가 된 셈.

"당연히 이 모든 일의 근본이 셋업 범죄라는 걸 알아. 반대로 말하면, 한국인에 대한 셋업 범죄를 막고 그 관련자들을 처벌하면 이 일이 풀린다는 거지."

"이건 기본적으로 헛소문이니까 너처럼 의뢰인에게 현상금을 거는 방식은 안 통할 테고 말이지."

"맞아."

즉, 가만히 앉아서 당하는 수밖에 없는 것이다.

"처음에는 경찰청장. 그다음에는 내무부 장관이라고 써 놨잖아. 그 말은, 정치인을 하나씩 죽이겠다는 거지."

실현 가능성은 낮지만 그 부담감은 엄청나다.

뭐 하나 하려고 할 때마다 어마어마한 인력을 동원해서 경호를 해야 하는데, 그러기 위해서는 매번 수억에서 수십억이 필요하니까.

"법대로 범죄자들을 때려잡는 건 공짜고."

"그래도 이해가 안 가는 게 있는데."

손채림은 고개를 갸웃했다.

"뭐가?"

그렇게 간단하게 해결할 수 있는 거라면 처음부터 청장이든 대통령이든, 현상금을 걸어 버리면 그만 아닌가?

그런데 노형진은 굳이 하급 경찰부터 하나씩 현상금을 걸었다.

"왜 그런 거야, 시간만 들게?"

"두 가지 목적 때문이야. 첫 번째는 공포의 야기, 두 번째는 박멸."

바로 현상금을 걸면 그들을 죽일 이유가 없다.

갑자기 뜬금없는 조직이 나타나서 현상금을 건들, 그걸 믿거나 거기서 공포를 느끼는 사람은 없을 것이다.

"하지만 우리는 아래에서부터 하나씩 밟으면서 올라갔지."

사람들에게 조직의 정당성을 각인시키고 금력을 각인시켰다.

필리핀 정부는 부정했지만, 인증을 조작해 올리면서 마치 진짜 있는 사건처럼 만들었다.

"윗사람들 입장에서는 천천히 자기 목을 조르는 손처럼 느껴지는 거지."

"아하!"

정당성이나 그 이유 같은 것은 생각보다 중요하다.

그게 있어야 사람들이 믿으니까.

"만일 우리가 그냥 걸었다고 하면, 프로들은 안 움직이겠지."

그들 입장에서는 뭔 개소리인가 싶을 테니까.

하지만 노형진의 작업 덕분에 프로들이 보기에는 충분히 가능성이 있는 논리가 되었다.

그리고 필리핀 정부에서 아무리 가짜라고 주장한다고 한들, 외국에서는 그걸 안 믿는다.

"기본적으로 이런 건 인정하는 순간 치안 문제로 발전해서, 은폐하려고 하는 성향이 있거든."

안 그래도 경찰이 잔뜩 겁을 집어먹었는데 그걸 인정해 봐라.

그 순간부터 경찰들은 경찰서에서 무장한 채로 순찰도 돌지 않을 것이다.

"그걸 아니까 필리핀 정부의 말을 안 믿지."

물론 그걸 믿고 프로가 움직일 가능성은 낮다.

하지만 움직이기라도 하면, 한 명이 움직이든 백 명이 움직이든 정치인들의 모가지가 날아가는 건 똑같으니까.

"두 번째는 뭐야? 박멸이라니?"

"네, 저도 그건 이해가 안 가네요."

손채림과 이주호는 박멸이라는 말이 이해가 가지 않아서 되물었다.

노형진은 간단하게 말했다.

"누구나 팔은 안으로 굽기 마련이지."

"그래서?"

"청장이나 정치인이 박멸하려고 한다고 해도, 결국 아래에서는 자기 사람이라고 실드 쳐 주면서 사건을 은폐할 거야."

"그런가?"

"당연하지."

셋업 범죄로 벌어들이는 돈은 절대로 적지 않다.

그러니 그걸 놓치고 싶지 않을 것이다.

"하지만 정작 그렇게 벌어들인 돈은 아주 위쪽까지는 많이 안 가거든. 중간에서 다 먹지."

"그러니까 청장은 박멸하는 데 주저함이 없다 이거구나."

"맞아."

"그거랑 이거랑 뭔 관계가 있는데?"

"현상금이 걸린 사람들은 셋업 범죄와 관련이 있거나 의심을 받고 있는 사람들이야. 그리고 그들은 도둑이 제 발 저렸지."

"박멸이라······. 무슨 뜻인지 알겠네요."

손채림도, 이주호도 고개를 끄덕거렸다.

그들은 자신들에게 걸린 현상금이 무서워서 바깥으로 나가지도 못했다.

셋업 범죄를 저지르는 사람들이 누군지는 대부분 다 안다.

왜냐하면 그들이 한국인을 대상으로만 저지르는 게 아니니까.

저항할 수 없는 자국민을 대상으로 하는 경우도 무척이나 많다.

"제 발이 저려서 숨은 놈들은 그와 관련된 범죄자라는 뜻이네."

"맞아."

청장이 위에서 족치라고 한다고 해도, 아래에서 감추면 한계가 있다.

그렇게 숨어 있는 사람들은 사실상 자기가 셋업 범죄를 저질렀다고 인정한 셈이나 마찬가지.

"청장이 콕 집어 줄 수 있지, 저 새끼들 족치라고."

"그래서 아래부터 현상금을 건 거구나."

바퀴벌레들이 스스로 둥지에 숨기를 기다리면서 주위에 약한 약을 뿌린 거다.

그리고 그 둥지에 한꺼번에 강한 약을 살포한 거고.

"아마 이 정도 당했으니 다시는 한국인에 대한 셋업 범죄는 꿈도 못 꿀걸. 후후후."

⚖

적지 않은 경찰이 감옥으로 끌려갔다.

그들 중 적지 않은 수가 범죄자에게 살해당했지만, 언제나 처럼 누구도 그들에게 신경 쓰지 않았다.

범죄자가 감옥에서 살해당하는 것은 흔한 일이었으니까.

하물며 전직 경찰이었으니 말이다.

그리고 그들이 저지른 범죄가 만천하에 드러나면서, 죄를 뒤집어쓰고 감옥에 갔던 많은 한국인들이 풀려났다.

필리핀 정부는 어떻게 해서든 사건을 해결하기 위해 악착 같이 조사해서 조금의 의심도 남기지 않으려고 했고, 의뢰를 받은 새론 필리핀 지점의 변호로 진짜 범죄자들을 제외하고는 다 풀려났다.

"엄마!"

"여보!"

"고마워, 고마워."

인천공항의 입국장.

필리핀에서 억울하게 감옥에 갔다가 풀려난 사람들과 가

족들을 촬영하기 위해 기자들이 몰려들어, 공항은 수많은 가족들과 기자들로 바글거렸다.

노형진은 그런 장면을 멀리서 바라보고 있었다.

"공포라……. 정작 이번 일에서는 제대로 돈 쓴 것도 없이 소문만 냈네."

"발 없는 말이 천 리를 간다고 하잖아. 사람들은 자기는 소문에 영향을 받지 않을 거라 생각해. 하지만 실제로는 생각보다 영향을 많이 받지."

"그런가?"

"당장 필리핀으로 가는 여행객들이 얼마나 줄었어?"

"그러네."

이미 언론을 통해 필리핀 셋업 범죄를 저지르던 자들이 사라졌다고 전해졌다. 그러니 지금 가면 셋업 범죄를 당할 가능성은 제로에 가까울 것이다.

하지만 그와 동시에 숨겨져 있던 셋업 범죄가 외부에 드러나고, 잡혀 있던 수십 명의 피해자들이 한꺼번에 한국으로 돌아오고 있다.

사람들이 보기에는 체감상 극심한 셋업 범죄가 벌어지고 있다고 느낄 수밖에 없다.

필리핀을 여행하는 한국인 여행객의 수가 정상으로 돌아오려면 최소한 6개월은 걸릴 것이다.

"결국은 소문이거든."

"무섭네."

"그렇지. 소문이란 참 무섭지."

"내가 무섭다고 한 건 소문이 아니라 너야."

다른 사람들이었다면 그 소문이 소문으로만 끝났을 것이다.

하지만 노형진은 그걸 이용해서 공포를 야기하고, 결국은 법으로 해결하지 못하는 문제를 해결했다.

"결국 소문을 내는 것도 인간이니까."

"쩝. 일단은 다시는 이런 일 안 생기겠지?"

"그건 아닐걸."

"응? 어째서?"

"우리나라 대사관이야 뭐…… 글로벌 호구 아니냐?"

시간이 지나면 또다시 대사관은 대충 일할 테고, 슬슬 똑같은 짓을 저지르는 놈이 생길 것이다.

"글로벌 호구라……."

손채림은 그 말을 중얼거리다가 머리를 긁적거렸다.

"와, 진짜 너무 맞는 말이라서 반박을 못 하겠네."

"그러니까 말이다."

노형진은 서로를 부둥켜안고 울고 있는 수많은 피해자들을 보면서 한숨을 푹 쉬었다.

다음 권으로 이어집니다

200평 초대형 24시 만화방

수면실
(침대식) ── 사우나석

다인석 ── 사워실

세탁기 ── 신간100%

📖 수원 인계동점

● 나혜석거리　　　● 농협

● CGV　　● 수원시청역⑧
무비 사거리

소주한잔
건물
24시 만화방 3F　　홍콩반점　　홈플러스

TEL : 031-226-3771
수원시 팔달구 인계동 1041-11 3층 24시 만화방

📖 의정부점

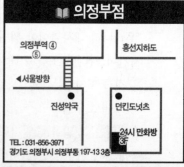

의정부역④
⑤　　　　흥선지하도

◀서울방향

진성약국　　던킨도넛츠

24시 만화방
3F

TEL : 031-856-3971
경기도 의정부시 의정부동 197-13 3층

📖 주안점

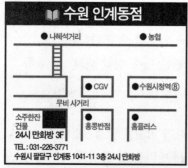

주안
남부역

◀제물포　　민병철　　간석동▶
　　　　어학원

　　　　　25시 만화방 6F

TEL : 032-426-2871
인천광역시 주안남부역 지하상가 4번 출구 GS25시 건물 6층

📖 안양점

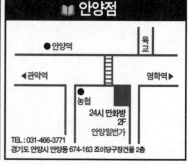

● 안양역　　　　육
　　　　　　　　교

◀관악역　　　　　　명학역▶

●
농협
　　　24시 만화방
　　　2F
　　　안양일번가

TEL : 031-466-3771
경기도 안양시 안양동 674-163 조이당구장건물 2층

회귀 했더니

에바트리체 현대 판타지 장편소설

입대 전날